Der Tag, an dem meine Träume tanzen gingen

KATIE M. JUNE

ÜBER DAS BUCH

„Vielleicht wache ich ja so gerne über die Träume anderer Menschen, weil ich meine eigenen verloren habe." (Seraphine)

Seraphine ist Karrierefrau, Mutter, Meisterin im Perfektsein und To-do-Listen Schreiben. Maura ist genau das Gegenteil: notorisch pleite, laut und immer unpünktlich. So ist es vordergründig kein Wunder, dass die Freundschaft zwischen den beiden nicht lange hält.

Welch tragische Geschichte wirklich hinter der Funkstille steckt, kommt erst viel später ans Tageslicht. Als Seraphine von der Affäre ihres Mannes mit einer Arbeitskollegin erfährt, gerät ihr Leben völlig aus den Fugen. Hinter der „Heile-Welt-Fassade" kommt auch Seraphines Traurigkeit wegen der verlorenen Freundschaft mit Maura zum Vorschein.

Bei dem Versuch, ihr Leben neu zu ordnen, gerät die Perfektionistin ausgerechnet an Carina Blue, eine selbst ernannte Entspannungstrainerin, die mit ihren chaotisch weisen Ratschlägen Seraphines Leben erst recht durcheinanderwirbelt.

Zum Glück gibt es noch eine Reihe guter Freunde: Herbert und Mechthild zum Beispiel, Betreiber der Kultbar „Herr Bert", oder Niklas, der hübsche Mann aus dem Schlaflabor, in dem Seraphine arbeitet. Rätsel geben die mysteriösen Blumenbotschaften auf, die Seraphine regelmäßig erreichen, und der unheimliche neue Nachbar aus dem ersten Stock, der Spaziergänge mit einem Vorschlaghammer macht.

Leserinnen und Leser von *Glücksschneeflockenzeit* treffen in dem Roman alte Bekannte wieder. Den Krankenhausclown Benno beispielsweise oder Fanny Hohlmann, die aus ihrem Hofgut mittlerweile ein tolles Wohnprojekt gezaubert hat.

INHALT

ERSTER TEIL

Erinnerungen

Der Tag, an dem ich alles verlor

Verschnaufpause im Herr Bert

Beste Freundinnen

Der Heultag

Guter Rat für Miss Perfekt

Die Lagune der Leichtigkeit

Post-it-Gespräche

Carinas Mutmach-Newsletter

Spielplatzgeschichten

Carinas Mutmach-Newsletter

Traumpaar

Lebensgeschichten

Die Suche nach dem
Sonnenuntergang

Die Abenteuertour

ZWEITER TEIL

Veränderungen

Lebensfreude

Blumengeheimnis

Machtlos

Carinas Mutmach-Newsletter

Aufräumen

Kinderkram

Baumgeflüster

Mail für dich

Rosenkavalier

Klare Linie

Carinas Mutmach-Newsletter

Herzklopfen

Wollsocken-Blues

Freilichtmuseum

Fannys Paradies

Mutige Schritte

Die Kunst des Loslassens

Schmetterlingstanz

Nur in Gedanken ist es schwer

Fliegen lernen

Für Paula, Nelly und Stefan

ERSTER TEIL

ERINNERUNGEN

Meine Kindheit schmeckte nach Kirschen. Nach großen, saftigen Süßkirschen, wie sie an dem Baum hingen, der in dem verwilderten Garten stand. Ich habe Gärten wie diesen nie wieder gesehen. Vielleicht sind sie verschwunden. Vielleicht hat sich mein Blickwinkel verändert. Als Erwachsene gucke ich immer über die Gräser, weil ich sie überrage und nicht umgekehrt.

Die Halme kitzelten mich in der Nase. Sie waren nicht gestutzt wie diese modernen Ikea-Katalog-Rasen, die immer aufgeräumt aussehen und in denen die Blumen so sortiert stehen wie Briefmarken in einem Album. Ich war klein und las die Früchte auf, die auf die Erde gefallen waren. Etwas abseits stand ein gläsernes Gewächshaus mit schmutzigen Scheiben. Im Baum saßen Kinder. Ich bewunderte sie, weil sie nach oben klettern durften, ich dagegen sollte auf der Erde bleiben, das hatte mir meine Mutter eingebläut.

»Klettere nicht da rauf, wenn ein Ast abbricht, dann verletzt du dir den Arm oder das Bein und wir müssen ins Krankenhaus fahren!«

Ich glaubte ihr und guckte meiner Freundin

Annika zu. Sie kam mir so erwachsen vor, weil sie mit den anderen Kindern dort oben im Baum kletterte. Rechts und links hatte sie sich Kirschen als Ohrringe umgehängt. Sie spuckte Kerne. Der rote Saft rann ihr das Kinn hinunter. Bienensummen und das Zirpen der Grillen erfüllten meine Ohren. Fliegen und Käfer turnten vor meinen Augen in den Grashalmen. Drüben im Gewächshaus wuschen die Mütter noch mehr von diesen blauen und gelben Plastikeimern aus, die hier überwintert hatten und in denen sie die saftigen roten Früchte kiloweise sammelten.

»Seraphine!«, rief Annika, »Seraphine, komm hoch!«

Aber ich schüttelte den Kopf. Meine Mutter konnte mich nicht sehen, trotzdem traute ich mich nicht.

Da sprang Annika von ihrem Ast herunter, nahm ein Zwillingskirschenpaar aus meinen Fingern und hängte es an mein Ohr.

»Seraphine, jetzt hast du auch Ohrringe!« Sie strahlte mich an, ihre großen Kulleraugen blitzten wie zwei blaue Sterne.

Annika war nur vier Monate älter als ich, aber sie war mutiger. Sogar Ohrlöcher hatte sie sich schon stechen lassen. Sie hatte eine Mutter, die ihr zutraute auf Bäume zu klettern oder alleine beim Kaufmann um die Ecke Eis zu holen. Das war ein großer Unterschied zu meinem behüteten Kindsein. Aber das wusste ich damals nicht.

Um ihre ältere Schwester Sandra beneidete ich Annika glühend. Jahrelang träumte ich von Geschwistern, aber meine Eltern ließen sich nicht erweichen. »Ein Kind ist genug, man braucht ja noch Zeit, um zu leben«, fanden sie.

Warum bleiben manche Bilder für immer im Gedächtnis wie dieser Garten, dieser Baum und dieser Sommertag? Warum verschwinden andere? Wer sucht das aus?

Meine Kindheitserinnerungen sind meistens mit Landschaften verknüpft. Da gibt es verschneite Berggipfel und Talsenken, in die sich Skihütten schmiegen oder lange Strände mit feinem Sand verbunden mit salzigem Wind und dem Geschmack von französischem Baguette.

Aber der Garten mit dem Kirschbaum passt so wunderbar zu dem sonnigen Tag heute. Deswegen erzähle ich dir davon, als du mich nach meinen Erinnerungen fragst. Wir laufen barfuß über den heißen Asphalt. Die Sonne hat die gesamte Stadt mit einem flirrenden Hitzeschild überzogen. Wir haben uns die Schattenseite der Straße ausgesucht, sonst würden uns die Füße verbrennen. Außerdem bin ich mit meinem hellen Teint und dem rotblonden Haar empfindlich. Du hast nachtschwarze Haare und einen dunkleren Hautton, weswegen du Hitze und Sonnenstrahlen wesentlich besser wegsteckst.

Die Kinder, dein Sohn Heinrich und meine Tochter Charlie, bewegen sich auf dem Gehweg erstaunlich geschickt. Sie weichen automatisch Glasscherben, vertrockneten Hundehaufen und allem möglichen Unrat aus, setzen ihre Schritte schnell und behände. Sie lachen und glucksen, weil sie glücklich sind über die Sonne und über das Eis, das an ihren Mündern klebt und ihnen über die nackte Haut rinnt. Es sieht fast so aus wie der Kirschsaft damals an unseren Kindermündern.

Als wir am Brunnen vorbeikamen, haben sie einfach die Kleider von sich geschmissen und sich quietschend und kreischend in den sprudelnden Fontänen geduscht. Seitdem rennen sie nackt durch die Straßen und stecken die Passanten mit ihrer Unbeschwertheit an.

»Ja, so muss Kindheit sein, das sieht man heute

viel zu selten«, ruft ein älterer Herr uns wohlwollend zu.

Ich lache. Ich bin fröhlich, weil du da bist und sich das Leben mit dir so leicht anfühlt, weil es sich gut anfühlt, eine Freundin wie dich bei mir zu haben und weil du mich mit deiner Frage an den Garten und den Kirschbaum, an glückliche Momente meiner Kindheit erinnert hast.

Die Geschichte von der Kirschernte ist auch die bessere Wahl, weil du mit meinen anderen Erinnerungen, den Skiurlauben in der Schweiz oder den Reiterferien auf einem französischen Gestüt, vermutlich nicht viel anfangen könntest. Vielleicht habe ich auch nur Angst davor, du würdest mich für eine reiche, verwöhnte Deutsche halten, wenn ich das erzähle. Meine Eltern sind Anwälte, haben jahrelang eine angesehene Kanzlei geführt. Jetzt genießen sie ihren Ruhestand in vollen Zügen. Mutter und Vater mit gutem Einkommen - das macht einen in den Augen anderer doppelt zur Prinzessin.

Du bist in Rumänien aufgewachsen, in einer Gegend, in der es nicht einmal Asphalt auf den Straßen gab, sondern nur braune lehmige Erde, die bei Regen hässlich aufquoll und den Weg schwer passierbar machte. Du erzählst von deinem kleinen Heimatdorf, von deinen beiden Brüdern und davon, dass du das Lieblingskind deiner Mutter bist.

»Seraphine, meine Kindheit riecht nach Gewürzen«, rufst du glücklich.

Dann malst du vor mein inneres Auge den Kräutergarten deiner Oma und die große Fabrik, in der deine Mutter arbeitete. Während der Schulferien nahm sie euch Kinder mit, dich Maura und deine Brüder Basil und Alex. Ihr spieltet auf dem Hof, während die Frauen unten in der großen Halle Elektroteile zusammenschraubten. Die vielen Cousins und Cousinen, mit denen du dir abenteuerliche Spiele ausdachtest, kann ich alle nicht auseinanderhalten. Du schwärmst von deiner Großtante, die so wunderbar kochen konnte. Ich lache, als du mir die frechen Hühner beschreibst, die in eurem Garten frei herumliefen. Niedliche flauschige Küken hüpften jedes Frühjahr wie kleine Sonnenbälle über euren Hof.

»Ich muss mal!« Charlie unterbricht energisch unsere Reise in die Vergangenheit. Ich renne mit ihr zum nächstbesten Gebüsch. Weil du dabei bist, sind mir die Blicke der Passanten egal.

»Bei einem Hund sagt auch niemand was. Eine Dreijährige kann nicht warten«, sage ich zu einer Frau, die komisch guckt.

Die Kinder sind dick befreundet, meine Charlie und Heinrich, dein Sohn mit diesem urdeutschen Namen. Du hattest nachgegeben, als dein Mann seinen Erstgeborenen nach seinem Lieblings-Großonkel benennen wollte. Die Namen hier in diesem Land klingen für dich sowieso fremd, sagst du.

Wenn du das sagst, dann ist da wieder dieser abweisende Gesichtsausdruck, der dich so unnahbar macht. Ich weiß, jetzt hilft kein Nachfragen und von Mitleid möchtest du sowieso nichts wissen. In diesen Momenten wird dein Heimweh so groß, dass es schmerzt. Es steht dir ins Gesicht geschrieben, aber aussprechen würdest du es nie. Du wirst lieber aggressiv als traurig.

»Tüüüüüt! Tuuuuut! Düdelööööööö!« Ein scheußliches Geräusch reißt mich aus meinen Gedanken. Der Abholwecker klingelt. Die Nachmittagssonne kitzelt mich im Gesicht. Meine Entspannungszeit ist um. Ich muss Charlie und ihren kleinen Bruder Antonin aus der Kita holen. Ich stehe langsam auf und falte die nachtblaue Fleecedecke sorgsam zusammen.

Mit dem Handrücken wische ich mir die Träne weg, die mir über die Wange rollt. Mein Wachtraum von eben war schön und schlimm zugleich. Er hat mich in sonnige Zeiten zurückgeführt. Gleichzeitig schmerzen diese Bilder. Denn das glückliche Leben, das ich kürzlich noch führte, ist vorbei. Ganz leise, ohne es zu merken, scheine ich auf die Verliererseite geraten zu sein. Die zerbrochene Freundschaft mit Maura ist nicht der einzige Scherbenhaufen, der sich dabei vor mir auftürmt.

DER TAG, AN DEM ICH ALLES VERLOR

Der Mann meines Herzens machte unser gemeinsames Leben mit einem Blick und zwei Sätzen zunichte. Während ich traurig durch den Park Richtung Kita schleiche, denke ich darüber nach, wie leicht sich alles zerstören lässt.

Seit vorgestern fühle ich mich wie ferngesteuert. Ich bin gar nicht mehr echt, eine Roboterfrau hat sich meines Körpers bemächtigt, die alle meine Handgriffe und Schritte automatisch abspult.

Noch vor Kurzem hätte ich mich so beschrieben: »Hallo, ich bin Seraphine. Ich bin stolz auf mein perfektes Leben. Ich bin mit Rob verheiratet, meiner großen Liebe. Wir haben uns während der Ausbildung kennengelernt. Seitdem sind wir unzertrennlich. Wir sind Eltern zweier Kinder. Charlie ist kürzlich sechs Jahre alt geworden und kommt nächstes Jahr in die Schule. Unser Sohn Antonin wird bald drei.«

Wütend kicke ich einen Stein über den Parkboden und sehe zu, wie feiner hellbrauner Staub aufwirbelt. Ich war immer so stolz auf unser Organisationstalent. Den

Familienalltag bekommen wir bestens gebacken. Ich arbeite vier Nächte die Woche als medizinische Fachassistentin im Schlaflabor. Rob ist Techniker und auf 80 Prozent in einer Solarfirma beschäftigt. Dank unserer Arbeitszeiten können wir uns die Kinderbetreuung aufteilen und müssen wegen musikalischer Früherziehung oder Kinderarztterminen keine akrobatische Terminjonglage vollbringen. Von Dienstag bis Freitag bringt Rob die Kinder in die Kita, von dort aus fährt er weiter zur Arbeit. Ich komme morgens aus der Nachtschicht. Gewöhnlich schlafe ich bis zum frühen Nachmittag aus, bevor ich Charlie und Antonin abhole. Um das Abendprogramm kümmert sich dann wieder Rob. Meistens komme ich abends sogar so zeitig los, dass ich mir noch einen Cappuccino in meinem Lieblingscafé *Herr Bert* genehmigen kann, bevor die Arbeit beginnt.

Jetzt ist alles anders. Ein zweiter Stein wird zum Opfer meiner Wut. Ich kicke wieder und wieder wirbeln die Staubflocken auf. Es ist so ein wunderbarer Spätsommernachmittag, aber ich kann die Sonne nicht genießen. Ich liebe normalerweise diesen Weg durch den Park. Er ist von hohen Pappeln gesäumt, die geheimnisvoll im Wind rascheln. Die Laubbäume beginnen bereits, ihre Farbe zu wechseln.

Für mich ist derzeit alles grau in grau. In meinem Inneren herrscht Regenwetter. Was war ich naiv! Ich hatte andere Familien noch belächelt, die ihren Alltag in meinen Augen nicht so gut gewuppt haben wie wir. Ich habe sogar öfter mal so gemeine Dinge gedacht wie: »Schlechte Organisation von euch, man muss eben vorausschauend planen.« Tja, jetzt spüre ich den abgegriffenen Spruch »Hochmut kommt vor dem Fall« am eigenen Leib. In Wahrheit hatte ich nichts im Griff. Vergangenen Montag, vorgestern um genau zu sein, ließ mein Mann unser buntes Seifenblasenidyll einfach zerplatzen.

Dabei begann der Start in die neue Woche wie immer: Mit einem gemütlichen Frühstück in unserer Wohnküche, die ich wegen ihrer weiß lasierten Möbel im Landhausstil besonders liebe.

Da ich von Sonntag auf Montag nicht arbeite, ist dies der einzige Morgen unter der Woche, den ich mit den Kindern verbringe. Die goldene Spätsommersonne schickte erste Strahlen durch die geöffnete Terrassentür. Sie kündigte einen warmen Tag an. Rob war vor der Arbeit eine Runde joggen gegangen. Ich machte den Kindern ihr Müsli und versuchte mich in der Zubereitung eines neuen grünen Smoothies, Geschmacksrichtung: Spinat-Banane-Erdbeer. Gedanklich schwebte ich auf Wolke sieben. Ich beschäftigte mich mit der Vorbereitung unseres bevorstehenden zehnten Hochzeitstags, den ich mit einem himmlischen Ausflug begehen wollte.

»Bäh!« Antonin riss mich aus meinen Träumen. Er starrte angeekelt die Karaffe mit dem Smoothie an. »Lass Mama doch machen, sie will eben, dass wir gesund sind«, beschwichtigte seine ältere Schwester Charlie diplomatisch, nahm demonstrativ einen Schluck und fuhr dann ohne eine Mine zu verziehen mit ihrem fröhlichen Geplapper fort.

»Mama, was ist grün und steht vor der Tür? Ein Klopfsalat! Was ist bunt und rennt über den Tisch? Ein Fluchtsalat! Was ist schwarz und hoppelt über die Wiese? Ein Kaminchen! Was ist rosa und schwimmt im Wasser?«

»Iss mal zu Ende du Witzmaschine!«, sagte ich grinsend. Meine Tochter lächelte. Sie schaufelte sich eine Riesenportion Haferflocken mit Milch in den Mund, nur um sie eine Sekunde später zu zwei Dritteln über den Tisch verteilen, während sie die Pointe ihrer letzten Scherzfrage verkündete: »Eine Meerjungsau!«

Antonin lachte mit mir, weil ich angesichts der Vorstellung eines schwimmenden Schweinchens, das fröhlich ein Korallenriff erkundet, in haltloses Kichern ausgebrochen war. Meerjungsau, höhö.

Nach einem kurzen Blick auf die Uhr schlüpfte ich allerdings schnurstracks in die Rolle der routinierten Mutter, wartete, bis die Kinder fertig gegessen hatten, wischte Antonin den Milchbart vom Mund und begleitete die beiden ins Bad.

Zähneputzen, Haarekämmen, Schuhe an, fertig. Wir sind ein eingespieltes Team. Die kleinen bunten Rucksäcke hatten wir schon gemeinsam gepackt.

»Los geht's!«, kommandierte Charlie.

Im Treppenaufgang kam uns Rob in dieser Läufermontur entgegen, die ihm so gut steht. Er hat einen athletischen Körperbau. Rob drückte den Kindern Abschiedsküsse auf die Köpfe und warf uns vom Treppenabsatz noch Kusshände zu. »Macht's gut ihr Süßen, bis später!«

Im Nachhinein frage ich mich, warum ich nichts gemerkt habe. Der Montagmorgen kam mir vor wie jeder andere. Wollte ich nichts sehen? Oder ist Rob einfach ein perfekter Schauspieler?

»Mensch junge Frau! Passen Sie doch auf!« Metall quietscht. Ich springe instinktiv zur Seite. Der Fahrradfahrer atmet auf. »Das war ganz schön knapp!« Ich hatte nicht damit gerechnet, dass Sie mir so plötzlich in die Fahrbahn laufen.«

Ich bin irritiert. Anscheinend bin ich in Gedanken vom Weg abgekommen. Um ein Haar wäre ich mit dem Radfahrer zusammengestoßen.

Ich starre auf meine zitternden Hände, dann auf den Mann: »Entschuldigen Sie. Ich weiß auch nicht, wie das passieren konnte.«

Jetzt sieht er nicht mehr sauer aus, sondern besorgt. »Alles in Ordnung mit Ihnen?«

Ich nicke. »Ja, alles in Ordnung. Ich habe einfach vor mich hingeträumt.« Er lächelt erleichtert.

»Dann träumen Sie mal geradliniger«, empfiehlt er mir und fährt weiter.

Geradlinig träumen. Ich bin doch die Roboterfrau, eine Art Supermaschine, die einen einprogrammierten Tagesablauf abspult, ohne zu denken und zu fühlen. Ich bin froh, wenn ich meinen Alltag irgendwie gebacken kriege. Dabei müsste ich den Weg hier wirklich im Schlaf hinbekommen. Ich gehe ihn schließlich seit Jahren regelmäßig, wenn ich die Kinder bringe oder – wie meistens – abhole.

Der Park ist wunderschön. Er liegt genauso malerisch da wie vorgestern, als sich mein Leben noch heil und beschaulich anfühlte. Dichte Laubbäume säumen den unbefestigten Weg. Eine malerische Brücke führt über einen kleinen Teich. Sie verleiht dem Ambiente märchenhaften Charakter.

Vor zwei Tagen konnte ich die Atmosphäre noch genießen. Da der Montagvormittag üblicherweise mir alleine gehört, hatte ich den Rückweg von der Kita voll ausgekostet. Ich hatte mir einen Coffee to go und ein Croissant aus dem kleinen Parkcafé geholt. Dann hatte mich für eine Weile auf eine Bank gesetzt, um Eichhörnchen zu beobachten und den Vögeln zuzuhören.

Gut gelaunt war ich eine Weile später nach Hause gegangen, immer noch in dem Glauben, einen entspannten Tag für mich zu haben.

Als ich die Wohnungstür aufschloss, spürte ich die Gewitterwolken. Im Flur lag diese komische Stimmung, die mich wie ein kalter Windhauch begrüßte und mir ein Frösteln über den Körper jagte. Am Wohnzimmertisch saß Rob. So ernst. Ich weiß noch, dass es sein Blick war, der mir das Gefühl gab, eine eiskalte Hand würde meinen Nacken umklammern und langsam zudrücken. »Warum bist du nicht bei der Arbeit?«, fragte ich.

Gleichzeitig war ich mir nicht sicher, ob ich die Antwort hören wollte.

»Seraphine, wir müssen reden!«, sagte mein Mann. Ich nickte gehorsam. Dann dachte ich komischerweise an den Fluchtsalat aus Charlies Witz und daran, wie gerne ich jetzt Reißaus nehmen würde.

Ich neige in ernsten Situationen zu besonders unsinnigen Gedankengängen. Offenbar geht mein Gehirn mit Sarkasmus und Humor gegen Bedrohungslagen an.

Im Nachhinein wundere ich mich, dass Rob so ruhig war. Er zeigte sich kein bisschen nervös, vielmehr wirkte er entschlossen. Er hatte diesen »Ich-ziehe-das-jetzt-durch-Blick«. Offenbar hatte er sich vorgenommen, endlich reinen Tisch zu machen.

Meine Knie zittern, als ich an das Gespräch denke, an diesen bestimmten und eigenwilligen Tonfall, in dem Rob »Seraphine!« sagte und mir den Platz am Tisch ihm gegenüber wies.

So kannte ich meinen Mann nicht. Ich nahm Platz, bat ihn stumm nichts zu sagen, was wehtun könnte.

Es tat allein weh, dass er mich so gut kannte. Er las meinen Blick, antwortete mit seinen Augen, es sei nicht anders möglich, ich würde jetzt die Wahrheit erfahren, sie würde mir nicht gefallen.

Mein Kopf versuchte mit allen Mitteln mich zu schützen, die Lage für mich erträglich zu machen. Komischerweise dachte ich in diesem Moment darüber nach, welche tragische Hintergrundmusik jetzt wohl spielen könnte, wenn wir uns in einem Film befänden und nicht in der Realität.

»So geht das mit uns nicht weiter«, begann Rob. Dann erzählte er von seiner Kollegin und einer Affäre und Dingen, die in unserer Beziehung abhandengekommen seien. Ob ich das nicht gemerkt hätte, dass wir uns immer weiter voneinander entfernt hätten? Es sei doch offensichtlich, dass wir zwar als Eltern sehr gut funktionierten, aber als Paar nicht mehr. Wir müssten uns überlegen »wohin die Reise geht«.

Irgendwann rauschte es nur noch in meinen Ohren. Mein Gehirn simulierte einen Tauchgang. Ich hörte alle Geräusche nur noch verzerrt und von weit weg, was mich froh machte, denn ich wollte Robs Worte nicht an mich heranlassen. Von dieser anderen Frau wollte ich sowieso nichts wissen. Auch Robs anschließende Beteuerungen drängte ich gedanklich beiseite. Dieses Nichts-Ernstes-nur-eine-Affäre-und-auch-schon-wieder-vorbei-aber-ich-will-ehrlich-mit-dir-sein ging mich doch eigentlich gar nichts an, oder?

Ich möchte mir nicht vorstellen, dass mein Mann sich bei einer anderen ausgeheult hat, ihr von unseren Problemen erzählte, sich von ihr berühren ließ.

Ich konzentrierte mich auf Robs rechtes Ohr, hinter dem sich eine Locke ringelte. Ich dachte darüber nach, dass er immer zu spät zum Friseur geht. Auch seine Fußnägel fielen mir komischerweise ein, die er sich für meine Begriffe viel zu selten schneidet, und diese miefigen Sockenpaare, die er nach dem Joggen einfach auszieht und überall herumliegen lässt. Augenscheinlich wollte mir mein Unterbewusstsein etwas Gutes tun, indem es möglichst negative Merkmale und Verhaltensweisen meines Mannes an die Oberfläche spülte.

Von sehr weit weg hörte ich Robs Stimme.

»Seraphine, Seraphine? Hörst du mir überhaupt zu? Was denkst du denn? Wie soll das denn jetzt weitergehen?«

Ich tauchte wieder auf, verließ meine Schutzzone.

»Ja«, sagte ich. Mir war klar, dass diese Antwort keinen Sinn ergab. Weil ich mich plötzlich wie ein in die Enge getriebenes Tier fühlte, das nicht mehr atmen konnte, sprang ich auf und rannte einfach aus der

Wohnung. Ich ließ Rob mit seinen Worten im Wohnzimmer zurück, raste blindlings durch die Straßen, bis mir meine Lungen wehtaten und endlich die Tränen kamen.

Die Gedanken an das Gespräch treiben mir auch jetzt das Wasser in die Augen. Ich suche mir die nächste Bank, nehme ein paar tiefe Atemzüge, um mich zu beruhigen. Ich bin traurig und gleichzeitig sauer auf mich selbst.

Warum ist mir nicht aufgefallen, dass etwas nicht stimmte? Im Nachhinein gab es Anzeichen, die ich hätte sehen müssen. Beispielsweise verbrachte Rob zwei Tage länger als sonst auf der Solarmesse, wegen angeblicher Termine, die sich nicht anders abstimmen ließen. Auch, dass er sich plötzlich so intensiv um den Inhalt seines Kleiderschranks kümmerte, hätte mich stutzig machen sollen. Rob ist der klassische Polohemd- und Jeansträger. In Stilfragen verlässt er sich normalerweise ganz auf mich. Als er sich plötzlich mehrere elegante Hosen und modische Hemden zulegte, habe ich mich noch gefreut. Ich war tatsächlich so doof, mich nicht zu wundern!

Ich zerre ein Taschentuch aus meiner Handtasche und putze mir die Nase. Hinter dem Park befindet sich die Kita. Ich möchte nicht verheult bei Charlie und Antonin ankommen. Den Kindern haben Rob und ich noch nichts erzählt. Auch sonst haben wir nicht mehr miteinander gesprochen. Rob schläft seit einigen Tagen im Gästezimmer. Ich habe keine Ahnung, wie das alles nun weitergehen soll.

Ich atme tief durch, konzentriere mich auf die Zweige der Esche, die leise im Wind tanzen. Unter Aufbietung all meiner Kräfte gelingt es mir, mich wieder in Roboter-Super-Seraphine, kurz genannt »die RSS«, zu verwandeln.

Auf die RSS ist Verlass. Sie schafft es, von der

Parkbank aufzustehen. Sie holt mit strahlendem Lächeln die Kinder ab. Die miese Laune merkt ihr niemand an. Sie macht mit Charlie und Antonin sogar noch einen Abstecher zum Spielplatz, backt Sandkuchen und weiß auf Anhieb die Antwort auf Charlies neue Scherzfrage.

»Was ist rot und muss mal ganz dringend?«

»Na, eine Klomate natürlich!«

Später bringt die RSS ihre Kinder noch bei deren Lieblingsnachbarin Frau Berger zum Basteln vorbei. Die alte Dame ist ein Omaersatz wie aus einem Bilderbuch mit grüner Schürze und Kommodenschubladen voller Geheimnisse. Charlie und Antonin sind gerne bei ihr. Auch die RSS freut sich über die köstlichen selbst gebackenen Waffeln und den Kakao.

»Sie sehen so traurig aus, Schokolade hilft!«

Frau Berger lässt sich nichts vormachen, weswegen die RSS froh ist, dass sie sich zur Arbeit verabschieden muss. »Viel Spaß ihr beiden! Papa holt euch gleich hier ab!«

VERSCHNAUFPAUSE IM HERR BERT

Die Atmosphäre im *Herr Bert* bringt meinen Puls endlich in Richtung Normalniveau. Um diese Zeit ist in meiner Lieblingsbar meistens nicht viel los. Die Kaffeetrinker gehen gerade nach Hause, die »Abends-Ausgeher« kommen erst in zwei Stunden. Für mich ist das perfekt, weil ich kurz vor Dienstbeginn in Ruhe Cappuccino trinken kann.

Ich lasse mich in eines dieser kuscheligen dunkelgrünen Sofas fallen und atme tief durch. Mein Herz pocht. Ich zähle die Schläge, fange meine Gedanken ein, die in meinem Kopf wie hektische Schmetterlinge herumflattern, und ordne sie.

Unser Familienleben ist zerstört. Rob hatte eine Affäre. So wie es war, wird es nie mehr sein. Was jetzt? Wie wird es weitergehen? Die Tränen sollten mich nicht überraschen, aber sie tun es doch. Weil sie so plötzlich aus meinen Augen schießen und sturzbachartig über meine Wangen rinnen. Sie waschen die Taubheit weg, schwemmen den Schmerz ans Tageslicht. Ich liebe Rob. Wie konnte ich nur so blind sein?

»Gott, Schätzchen, was ist denn mit dir passiert?

Das reinste Häuflein Elend!«

Herbert steht vor mir, schlägt die Hände zusammen und starrt mich ratlos an. Herbert ist Besitzer und Namensgeber des *Herr Bert* und ein guter Freund von mir. Er hat sanfte Augen mit langen schwarzen Wimpern. Seinen derzeit blond gefärbten Haaren hat er ein hippes Styling verpasst.

Herbert ist einer der besten Zuhörer, den ich kenne. Er tut gerne klischeeschwul, weil er so sanft aussieht und weil er findet, dass Schwulsein sich bei einer Bar umsatzsteigernd auswirken würde – genauso wie bei einem Friseursalon, sagt er. Tatsächlich ist er aber mit Mechthild verheiratet, einer kleinen, hageren Frau mit kreativem hennafarbigen Kurzhaarschnitt, die das *Herr Bert* mit ihm betreibt. Ihre Buchweizen-Crêpes sind himmlisch. Auch jetzt steht sie am Eisen hinter dem Tresen. Lächelnd winkt sie mir zu.

Ich grüße zurück, wende mich dann an Herbert. »Ich bin kein Häufchen Elend, ich bin RSS, Roboter-Super-Seraphine, die Frau, die alles wegsteckt.«

»Wenn das so ist, dann musst du unbedingt an deinem Auftritt arbeiten, er ist stark verbesserungswürdig«, sagt Herbert. Mit einer galant-tröstenden Geste reicht er mir ein blütenweißes Stofftaschentuch. Ich schnäuze mich kräftig. Schluchzend erzähle ich ihm, was vor zwei Tagen passiert ist.

Glücklicherweise ist momentan nicht viel los, was meinem Seelentröster die Zeit gibt, sich auf die Sofalehne zu setzen und meine bebenden Schultern festzuhalten. Er sagt nicht viel. Doch ich sehe in seinen Augen, dass er genau begreift, was das für mich bedeutet. Herbert weiß, dass es um mehr geht, als um Robs Affäre: Für mich ist vorgestern meine beschauliche Welt untergegangen.

Er gibt Mechthild ein kurzes Zeichen. Kurz darauf

kommt sie mit einer dampfenden Tasse Tee und einem riesigen Stück Schokoladentorte an meinen Tisch. »Geht selbstverständlich aufs Haus, exklusives Seelentrostpflaster«, sagt Mechthild.

»Danke«, schniefe ich.

»Cappuccino halte ich heute eher für unpassend. Unser Schöne-Stunden-Tee ist in diesem Fall die bessere Wahl. Unter anderem sind Lavendel, Kamille und Zimt darin, alles beruhigend«, fügt Herbert hinzu.

Ich nicke, lächle, eigentlich könnte ich schon wieder heulen. Diesmal auch ein wenig vor Freude darüber, weil ich so gute Freunde habe, die mir zuhören und mir obendrein den besten Schokokuchen des Hauses kredenzen.

In knappen Sätzen erklärt Herbert seiner Frau, was mir passiert ist. Sie betrachtet mich mitleidig.

»Habt ihr euch auch noch geprügelt oder warum hast du diesen Kratzer an der Hand?«, fragt sie dann. Ich sehe in ihren Augen, dass sie das spaßig meint.

Ich gucke auf die Stelle unterhalb meines rechten Daumens. Da ist Blut zu sehen, außerdem brennt die Wunde. Ich erkläre: »Nein, Rob und ich würden niemals aufeinander losgehen. Das habe ich mir eben bei einem Zusammenstoß zugezogen, da war dieser Typ mit dem Vorschlaghammer.«

Weil Herbert und Mechthild plötzlich so erschrocken gucken, erzähle ich ihnen von meiner kurzen Begegnung im Treppenhaus. Weil ich Angst hatte, Rob im Aufgang über den Weg zu laufen, nahm ich die Treppe von Frau Bergers Wohnung nach unten relativ schnell. Dabei stieß ich fast mit einem Mann zusammen. »Eine äußerst auffällige Erscheinung, groß und muskulös, auf dem Kopf trug er ein dunkles Tuch mit Totenschädeln.«

»Ein Pirat!«, ruft Mechthild.

Ich überlege, seit wann Piraten Umzugskartons

bei sich haben. Der Mann von vorhin schleppte nämlich gerade einen die Stufen hinauf, weswegen ich ihn als neuen Mieter identifizierte. Die Wohnung im Hochparterre rechts steht seit einigen Monaten leer.

»Achtung Mädchen, wohin musst du denn so eilig?«, rief er, als er mich sah.

»Zur Arbeit ins Kassiopeia-Klinikum, Schlafzentrum«, entgegnete ich ohne nachzudenken. Als ich mich an ihm vorbei drängte, streifte mich eine Kante des Umzugskartons leicht an der Hand.

»Die Ecke war scharfkantig, irgendetwas drückte da durch. Da habe ich mir den Kratzer zugezogen«, sage ich.

»Was ist mit dem Vorschlaghammer?«, fragt Herbert.

»Ach, das ist mir nur so nebenbei aufgefallen, der lehnte an der Wand neben seiner Wohnungstür«, sage ich.

Mechthild platzt aufgeregt heraus: »Du hast diesem Kerl so einfach verraten, wo du arbeitest? Was machst du, wenn er gefährlich ist? Immerhin hat er einen Hammer!«

Ich schüttle den Kopf. »Deswegen muss er doch nicht gleich gefährlich sein. Vielleicht arbeitet er ja auf dem Bau.«

»Und abends nimmt er immer seinen Vorschlaghammer zum Kuscheln mit nach Hause? Seraphine, das glaubst du doch im Traum nicht«, meint Herbert.

Ich zucke mit den Schultern. Ich habe keine Energie, mir auch noch Gedanken um meinen neuen Nachbarn zu machen. »Zumindest ist es egal, dass ich ihm verraten habe, wo ich arbeite. Das hat er sowieso längst wieder vergessen, das ist für ihn nicht interessant, er kennt mich ja gar nicht«, finde ich.

Mechthild wird zu Tisch Zwei gewunken. Die

Gäste möchten zahlen. Herbert sieht mir wohlwollend zu, wie ich Kuchen mampfe. Dann mustert er mich plötzlich wieder kritisch: »Seraphine, Engelein, in diesem Zustand gehst du jetzt aber nicht arbeiten!?«

Es soll wohl eine Frage sein, klingt aber wie eine Aufforderung. Ich nicke energisch, denn mein Mund ist voll Kuchen.

»Ischt bescher, wasch scholl isch schu hausche mit Rob? Den will isch nisch mehr schehen«, nuschele ich und puste Herbert Krümmel entgegen.

»Schön, dass dir unser Gebäck des Tages so gut schmeckt«, bemerkt er trocken. Dann sagt er: »Ich verstehe ja, dass du Rob erst einmal aus dem Weg gehen möchtest, obwohl ihr euch wegen der Kinder wirklich zeitnah zusammensetzen solltet. Aber du könntest doch beispielsweise bei einer Freundin übernachten, dann musst du dich in deinem Zustand nicht noch mit Arbeit herumquälen. Lass dich ein paar Tage krankschreiben!«

Ich schüttle heftig den Kopf, verschlucke mich dabei an den Kuchenkrümeln. Als mein Hustenanfall vorbei ist, steht Herbert immer noch vor mir. Er hat sich offensichtlich dafür entschieden, Klartext zu reden. Laut und deutlich und ziemlich unhöflich sagt er: »Schätzchen, du siehst scheiße aus! Ich habe Angst um dich! Such dir einen Therapeuten!«

Da kippt die Stimmung. Ich flippe aus. Ich raffe meine Jacke und die Handtasche zusammen, springe so schnell auf, dass ich mit dem Ellenbogen die Teetasse vom Tisch wische, und gucke nicht mal zu, wie die glänzend weißen Scherben über die weinroten Fliesen spritzen. Ich höre nur, wie es klirrt. Das leichte Zucken in Herberts Gesicht nehme ich nur wahr, weil ich ihn so gut kenne. Einem Fremden erscheint er wahrscheinlich ruhig und gelassen.

»Weißt du, dass es mir schlecht geht, ist echt nicht verwunderlich! Mein Mann hat vor zwei Tagen mein

Leben zerstört. Er hat alles, was mir wichtig war, in Schutt und Asche getreten. Deswegen muss ich keinen Therapeuten aufsuchen. Ich reagiere ganz natürlich auf diese Situation: mit Trauer, Wut und Verzweiflung. In Behandlung müsste ich höchstens, wenn ich trotz meines Gesprächs mit Rob supergut gelaunt wäre. Das wäre nämlich wirklich komisch!«

Ich rufe diese Worte lauter als beabsichtigt. Und einen Satz denke ich nur, der geht niemanden etwas an, weil es der Gedanke ist, der mich mindestens ebenso schmerzt, wie die Worte meines Mannes von vorgestern. »Eine beste Freundin, bei der ich mich gerne ausheulen möchte, die habe ich sowieso nicht mehr«, denke ich. Plötzlich schiebt sich auch noch die Erinnerung an Maura in meinen Kopf, meine ehemals engste Vertraute. Mir wird bewusst, wie lange sie schon weg ist, wie sehr sie mir immer noch fehlt.

Weil mir schon wieder die Tränen in die Augen schießen, murmele ich Herbert nur noch ein »tut mir leid für die Tasse, ersetze ich dir natürlich, lieben Dank für alles« zu. Dann verschwinde ich aus der Bar.

BESTE FREUNDINNEN

Es hat angefangen zu regnen. Ich ziehe mir auf dem Weg zur Arbeit die Kapuze über. Wind und Wassertropfen kühlen meine pulsierenden, rot geweinten Wangen. In meinem Kopf fahren die Bilder Karussell, Rob, Maura, das *Herr Bert*, weiße Porzellanscherben auf weinroten Fliesen, dann wieder Rob, dann wieder du, Maura-Maura-Maura. Unsere Freundschaft ist so brutal zerplatzt wie das Geschirr eben im *Herr Bert*.

Dabei hatte ich mich anfangs gewundert, Maura, warum du mich überhaupt als Freundin ausgewählt hattest. Besonders seit ich Familie habe organisiere ich den Alltag straff und plane so viel wie möglich. Ich habe gerne Ordnung in meiner Wohnung, lege Wert darauf, mit den Kindern jahreszeitengerecht zu basteln. Den Eltern-Kind-Turnkurs, indem wir uns kennenlernten, Maura, hatte ich gebucht, um Charlie als Kleinkind motorisch optimal zu fördern. Du bist dort gelandet, weil die Krankenkasse den Kurs finanzierte und du Dinge liebst, die es umsonst gibt. Du dachtest, du würdest hier bestimmt einen Haufen neuer Menschen kennenlernen.

Du bist wild und lustig und kamst immer

unpünktlich. Es gab in diesem Kurs jede Menge Menschen, die dir mehr Spaß gebracht hätten als ich, Seraphine, Meisterin im To-do-Listen schreiben.

»Das war Liebe auf den ersten Blick, keine Ahnung warum«, hast du einmal über unsere Freundschaft gesagt. Ja, der erste Impuls ging von dir aus. Du hattest mich angesprochen und mich überredet außerplanmäßig noch mit in die Stadt zum Eisessen zu kommen - im November, weil eine Bekannte von dir neuerdings in der Eismenagerie arbeitete und uns alles umsonst gab. Ich habe dir geholfen in letzter Minute eine Martinslaterne für Heinrich zu basteln, denn du hättest um ein Haar den Laternenumzug verschlafen.

Wir hingen schon nach kurzer Zeit zusammen wie Pech und Schwefel. Ich vertraute dir völlig, ich hatte das Gefühl, wir würden uns ewig kennen.

Über meinen Perfektionismus hast du dich manchmal lustig gemacht.

»Können die Kinder nicht aus einer Wasserflasche trinken? Musst du immer mit diesen Plastikbechern deinen Rucksack verstopfen?«, beschwertest du dich zum Beispiel, weil ich stets mehrere bunte Trinkgefäße mit mir herumschleppte und den Kindern eingoss, wenn sie durstig waren.

»Ich hab's gerade im Winter nicht gern, wenn jeder seine Hustenbazillen in die Flasche spuckt. Das ist doch auch für Heinrich gut, wenn er nicht Charlies Schnodder trinken muss«, verteidigte ich mich. Gleichzeitig schämte ich mich ein wenig für meine pedantische Ader.

Vor allem weil du, Maura, mir vorhieltest: »Das ist doch typisch deutsch. Ihr braucht immer diese absolute Sicherheit! Ihr schließt sogar Versicherungen ab, wenn ihr heiratet, falls die Hochzeit nicht so wird wie geplant. Das muss man sich mal vorstellen. Wie albern!«

Der Regen ist stärker geworden. Ich ziehe meine Jacke enger um mich. Aber das nützt nichts, sie ist sowieso schon völlig durchnässt. Kälte kriecht hindurch. Inzwischen ist es dunkel geworden. Die Scheinwerfer der Autos werfen helle Lichtflecken in die Pfützen, die sich auf den Straßen gebildet haben. Zum Glück ist das Klinikum nicht mehr weit entfernt, ich habe dort immer eine Garnitur Ersatzkleidung in der Garderobe. Mein Gesicht fühlt sich wieder angenehm kühl an. So besteht die Hoffnung, dass mir die Kollegen meinen Heulanfall von eben nicht ansehen. Die rote Hautfarbe lässt sich ja auch durch die frische Herbstluft erklären.

Ich muss nur aufpassen, nicht noch einmal loszuweinen, was gar nicht so einfach ist. Denn mein Gedankenkarussell fährt gnadenlos weiter. Weil ich mich für meinen Abgang im *Herr Bert* schäme, weil ich an Rob nicht denken will, bleibst wieder du, Maura. Sogar als Gedanke bist du hartnäckig.

Ich habe dir deine Sticheleien nie übel genommen. Ich wusste, du hast eine verletzliche Seite, die du perfekt überspielst. Ganz selten drängte sie zum Vorschein, wie damals, als Heinrich von der Schaukel gefallen war und sich den Arm gebrochen hatte.

»Seraphine, kommst du mit ins Krankenhaus? Wenn sie mich alleine sehen, werden sie sagen: Diese rumänische Zigeunerin ist nicht in der Lage ihr Kind zu beschützen! Sie lässt einfach zu, dass es von der Schaukel fällt!«

Deine Worte bestürzten mich. Ich rief: »Ich komme mit, aber ich bin mir sicher Maura, so etwas wird hier niemand sagen! Außerdem hast du keinen Fehler gemacht. Kinder spielen manchmal wild, das hätte jedem passieren können.« Ich war erschrocken, als ich deine Erleichterung sah. Offensichtlich hattest du wirklich diese Bedenken. Deine Worte waren nicht als Witz gemeint.

Unter eurer prekären Lebenssituation hast du gelitten. Auch das hättest du nie zugegeben. Dein Mann Thomas, ewiger Student an der Kunsthochschule, wartete mit Mitte dreißig auf seinen großen Durchbruch. Leider hielt er nichts von Selbstmarketing. Er war handwerklich äußerst geschickt, ein kraftvoller Typ mit langen dunklen Haaren und Rauschebart. In seiner Freizeit baute und bastelte er, was das Zeug hielt. Sein Markenzeichen waren Skulpturen aus Blech und Metall. Er trieb sich viel auf Schrottplätzen herum, um geeignetes Material zu finden. Oft verschwand er stundenlang mit seinem Schweißgerät in seiner Werkstatt. Ums Geldverdienen kümmerte er sich nicht. Er wolle seine eigenen Vorstellungen realisieren, nicht bloß Kundenwünsche umsetzen, betonte er.

Du hast lange keinen Job gefunden, weil du kurz nach deinem Museologie-Studium schwanger wurdest und dann nicht so richtig wusstest, wie es weitergehen sollte.

Für meine kleinen Probleme bei der Arbeit hattest du nie Verständnis. Als ich mich einmal bei dir ausheulen wollte, weil es wegen der Urlaubsplanung einen Streit unter meinen Arbeitskollegen gegeben hatte, hast du nur abweisend mit dem Kopf geschüttelt. »Seraphine, das sind doch Kleinigkeiten. Ich würde alles ertragen, die blödesten Kollegen, wenn ich einen Job mit so tollen Arbeitszeiten hätte wie du!«

Das Licht reißt mich aus dem Meer der Erinnerungen. Der Schriftzug »Kassiopeia-Klinikum« strahlt mir von dem großen roten Backsteingebäude entgegen. Das Metallschild vor der großen Glasschiebetür weist den Weg in das Schlafzentrum. Regentropfen rinnen an den Scheiben herunter wie große Tränen.

Ich werde schlagartig ruhig, als ich die Schiebetür passiere. Annett am Empfang wünscht mir fröhlich einen guten Abend. Das hier ist mein sicheres Terrain. Gegen die Aufregung in meinem Inneren wirken die weiten, hellen Gänge mit den Neonröhren an der Decke und den modernen Gemälden an den Wänden außerordentlich aufgeräumt und beruhigend. Hier fühle ich mich sicher.

Ich liebe meinen Job. Schon immer genieße ich es, nachts zu arbeiten, wenn der Rest der Stadt im Schlaf liegt. Ich habe gerade noch Zeit, meine nasse Kleidung zu wechseln und mir den weißen Arbeitskittel überzuziehen, dann beginnt die Sitzung mit der Schichtübergabe.

Wir haben jede Nacht mehrere Patienten, die sich hier wegen Schlafproblemen überwachen lassen. Außer mir sind heute noch meine Kollegin Karla da und der neue Praktikant Patrick, ein sympathischer, dürrer, junger Mann mit dunklen Haaren und Ziegenbärtchen. Unsere Chefin Professorin Tamara Böde-Neuenheim hat ihn eben durch die Räume geführt.

»Seraphine, ich schicke ihn dir nachher in den Überwachungsraum, dann kannst du ihn am Rechner einweisen«, trägt sie mir auf.

Ich bin froh, Herberts Rat in den Wind geschlagen zu haben und zur Arbeit gegangen zu sein, anstatt mich krankschreiben zu lassen. Datenauswertungen, Zahlen und Statistiken sind genau das Richtige, um mein aufgewühltes Gehirn zu beruhigen.

Überwachen werden Patrick und ich heute Mareen Klein, eine 25-jährige Studentin, die nicht mehr in den Schlaf findet, seit sie durch die Zwischenprüfung gefallen ist.

Etwas später bringt mir Annett vom Empfang noch Niklas Heimer vorbei. Der Mann ist schätzungsweise Mitte 30, sportlich, mit auffälligen blaugrauen Augen und einem einnehmenden Lächeln. Er leidet seit einiger Zeit unter Schlafstörungen und kann sich die Ursache nicht erklären. Ich zeige ihm sein

Zimmer, in dem er heute nächtigen wird. Dabei erkläre ich ihm die Abläufe.

»Durch die Kamera da oben kann ich Sie die ganze Nacht auf meinem Bildschirm beobachten. Jetzt werde ich Sie noch am Kopf und im Brust- und Rückenbereich verkabeln. So messen wir die Herztöne und die Hirnaktivität. Sollten Sie Probleme bekommen oder auf die Toilette müssen, drücken Sie auf den roten Knopf. Mein Kollege Patrick oder ich kommen dann zu Ihnen.«

Der Mann nickt. Er deutet auf das Namensschild an meiner Brust: »Seraphine, das ist ja schön, in einem Schlaflabor von einem Engel betreut zu werden. Auch noch von einem mit tollen roten Locken.«

Ich lächle. Er sagt das irgendwie süß, gar nicht aufdringlich, sondern galant.

»Danke! Derzeit fühle ich mich allerdings überhaupt nicht engelhaft«, bemerke ich und beginne damit, ihn zu verkabeln. Dass seine Hand dabei ganz leicht meinen Arm streift, ist sicher nur Zufall.

DER HEULTAG

Baldriantabletten, verheulte Stunden, Nächte mit beruhigenden Daten und Statistiken im Schlaflabor: Mit dieser Anti-Traurigkeits-Mixtur habe ich mehrere Tage durchgehalten.

Rob hatte seine Sachen glücklicherweise gleich nach unserem Gespräch am Montag gepackt und war ins Gästezimmer umgesiedelt. Zwar sehen wir uns unter der Woche durch unsere versetzten Arbeitszeiten sowieso nicht beim Schlafen, doch ich brauche auch eine klare räumliche Trennung.

Beim Gedanken an Robs Affäre wird mir übel. Ich kann nicht verstehen, warum er mir das angetan hat, begreife nicht, warum ich nichts gemerkt habe. Wir konnten doch über alles reden. Oder etwa nicht?

Derzeit herrscht zwischen uns immer noch Funkstille. Dringend notwendige Informationen teilen wir uns per Post-it mit. Auf so einem kleinen gelben Zettel stand auch, dass Rob übers Wochenende mit einem Freund zum Segeln fährt und erst am Sonntagabend wieder zurück sein wird. Meinen zehnten Hochzeitstag hatte ich mir anders vorgestellt.

Ich habe mich ausgeheult. Auch wenn ich derzeit keine Freundschaft pflege, die so eng ist, wie ich sie mit Maura hatte, habe ich doch ein paar gute Freunde. Tessa gehört dazu, eine ehemalige Kollegin, mit der ich mich regelmäßig treffe. Als ich ihr mein Herz ausschüttete, hat sie spontan angeboten, die Kinder ein paar Tage zu sich zu nehmen. »Damit du mal in Ruhe darüber nachdenken kannst, wie es nun für euch weitergehen soll, Seraphine.«

Mit diesen tröstenden Worten schob sie die strahlende Charlie aus der Tür und verließ mit Antonin auf dem Arm und einem riesigen grünen Reiserucksack auf dem Rücken, die Wohnung.

Tessa ist glücklicher Single, »leiht« sich aber gerne hin und wieder die Sprösslinge ihrer Freunde zum Verwöhnen aus. Charlie und Antonin lieben sie über alles. Sie freuen sich über ihre Abenteuertour und werden ein Wochenende voller Spaß erleben.

Meine Begleiter an diesen Tagen sind dagegen die Stille und die Einsamkeit. Ich sitze alleine in meiner Familienwohnküche und kann höchstens mit der Aufkleber-Eule reden, die mich von meinem Kühlschrank aus intensiv anglotzt. Schuhu. Oder mit dem Kühlschrank selbst. »Auch schon mal Liebeskummer gehabt?«, frage ich probeweise. Natürlich antwortet keiner von beiden.

Nachdenken soll ich, hat Tessa gesagt. Dabei habe ich die Woche über alles getan, um mich abzulenken und nicht an mein gesprengtes Familienglück zu denken.

Allein der Kinder wegen muss ich mir klar werden, wie es weitergehen soll. Kann ich Rob verzeihen? Es gibt Menschen, die bewerten Fehltritte nicht so hoch. Ich habe leider das Gefühl, dass ich nicht zu dieser Gruppe gehöre. Und da ist noch etwas anderes: diese leise Ahnung, dass wir nicht mehr so weitermachen können wie bisher, selbst wenn ich Rob verzeihen würde. Irgendetwas an unserem Leben passt nicht, so wie es ist. Leider weiß ich nicht, was das sein könnte.

Die Aufkleber-Eule vom Kühlschrank schaut mich mitleidvoll an. »Leider weißt du nicht, was du ändern sollst, du Arme«, scheint sie zu flüstern. Der Kühlschrank brummt dazu.

Vorhin habe ich mit meiner Mutter telefoniert. Eher aus Versehen, sie hat angerufen. Für einen kurzen Moment hat sie mir das Gefühl verschafft, meine Probleme seien winzig. Das schreibe ich aber eher der Tatsache zu, dass sie mir nicht richtig zuhört. Zugegebenermaßen habe ich auch nicht erwartet, bei ihr ein offenes Ohr zu finden, weswegen ich die Informationen über Rob und meinen Beziehungsstand auf ein Minimum beschränkt habe.

Wir sehen uns nicht oft. Meine Eltern wohnen gut 100 Kilometer entfernt im kleinen Dörfchen Großneuenaue. Seit die beiden in Rente sind, züchten sie Hunde. Sie halten Akitas, wuschelige, liebenswerte und eigenwillige Gesellen, die meistens japanische Namen tragen, was meinen Vater zur Verzweiflung treibt. Er vertritt den Standpunkt, er habe in seiner Zeit als Anwalt genug Hirnschmalz gelassen und müsse sich nicht noch einmal auf etwas Neues einlassen. »Ich habe in meinem Leben genug gedacht«, pflegt er zu sagen.

Seinen ersten Zuchtrüden Boshihoro Benuko hat er kurzerhand in Baron Muschibuschi umbenannt, angeblich weil er sich das besser merken kann. Mutters fuchsfarbene Lieblingshündin Mashimota Murimi ruft er ständig Miss Mitsubishi – was Mutter zur Weißglut bringt.

Vater treibt ihren Ärger gewöhnlich auf die Spitze, wenn er stichelt: »Annemarie, hoffentlich läuft dir die Hündin nie weg, du brichst dir die Zunge, wenn du sie zu oft rufst. Üb' doch schon mal: Sag zehnmal hintereinander ganz schnell Miss Mitsubishi!« Mutter kann darüber nicht lachen.

Dann gibt es noch Haruki, einen Junghund, der bereits einige Preise eingeheimst hat. Wenn Mutter in Hörweite ist, ruft Vater ihn gerne »Hauruki« und freut sich über ihre genervten Blicke. Haruki war auch der Grund für Mutters Anruf. »Wir haben endlich einen geeigneten Besitzer gefunden«, rief sie ins Telefon. Ich sah sie förmlich dabei strahlen.

Kürzlich hat Mutter beschlossen, Haruki abzugeben und stattdessen einen neuen Hund in Haus zu holen, der als junger Deckrüde aufgebaut werden kann. Mutter möchte sich auf fuchsrotes Fell spezialisieren. Harukis braune Farbe harmoniert damit nicht.

Ein neuer Rüde ist für meine Mutter sehr wichtig. Boshihoro war in Zuchtkreisen lange sehr angesehen, wird aber langsam zu alt für die Aufgabe. »Er lässt nach, Seraphine. Beim Championat vergangene Woche hat er seinen Titel nicht mehr verteidigen können«, muffelte Mutter traurig ins Telefon. Mir tut Baron Buschi (der Einfachheit halber orientiere ich mich an dem Spitznamen, den mein Vater ihm gab) leid. Er ist ein liebenswerter Geselle und ich möchte nicht, dass er ausrangiert wird. Ich spüre ja gerade selbst, was es heißt, aufs Abstellgleis geschoben zu werden. Das fühlt sich gar nicht gut an.

»Rob und ich haben eine Krise«, erklärte ich meiner Mutter kurz, als sie ihren Wortschwall für eine Sekunde unterbrach. Die Möglichkeit, sie könnte uns entlasten und die Kinder übers Wochenende nehmen, zog ich gar nicht in Betracht. Obwohl die Kinder gerne bei ihr sind.

»Ich hab die Hunde sehr lieb, aber es ist ein bisschen eklig, dass man ihnen beim Spazierenführen immer auf ihr Poloch schauen muss«, sagte Charlie neulich zu diesem Thema.

Mutter ist ständig mit ihren Hunden unterwegs und verbringt ihre Wochenenden in Hundeschulen, auf stundenlangen Waldspaziergängen oder bei Versammlungen des Akita-Vereins, dessen stellvertretende Vorsitzende sie ist. Außerdem ist Mutter geneigt, die Welt stets durch eine rosarote Brille zu sehen – meine Welt zumindest.

Auch diesmal rief sie angesichts meiner aktuellen Probleme lediglich mit aufmunternder Stimme: »Ach Seraphine, Darling, Liebeskummer lohnt sich nicht! Trockne deine Tränen! Rob und du, ihr seid so ein tolles Paar!«

Ich gab innerlich seufzend auf.

»Ich halte dich auf dem Laufenden in Sachen Haruki und dem neuen Deckrüden«, versprach Mutter, bevor sie auflegte.

»Ich muss jetzt los, mach's gut! Mashimota muss mal nach draußen!«

Und ich? Ich blieb einfach am Küchentisch sitzen. Dort bin ich jetzt immer noch, starre vor mich hin und suche nach Möglichkeiten, mein Gehirn abzuschalten. Schön wäre das, wenn sich irgendwo am Ohr einen Ausknopf befände, den man drücken könnte, damit die Gedanken aufhörten zu wirbeln.

Armer Baron Buschi. Arme Seraphine. Wir sind beide nicht mehr gewollt. Wenn schon keiner da ist, dann bemitleide ich mich eben selbst. Ich streichle mit meinen Händen ratlos über die feine Holzmaserung des Küchentischs. Ich bin Seraphine, die Perfekte, die nicht versteht, wohin die Ordnung in ihrem Leben plötzlich geflossen ist. Manchmal ist Stille beruhigend und hüllt einen ein wie ein wohliges, weiches Tuch. Diese hier ist anders. Diese Stille ist wie ein riesiges schwarzes Loch, das mich in sich aufsaugt, mich mit Kälte umgibt, mir Angst macht.

»Du kannst zur Ruhe kommen und nachdenken,

wie es mit euch weitergeht«, hat Tessa gesagt. Mir treibt dieser Satz die Tränen in die Augen. Denn ein »wir«, das gibt es für mich seit dem vergangenen Montag nicht mehr. Da gibt es nur noch diesen stechenden Schmerz im Körper und das Gefühl mutterseelenallein auf der Welt zu sein.

Langsam stehe ich auf, brühe Wasser auf, hole mir eine Packung Chai-Tee aus dem kleinen rotbraunen Karton. Ich kaufe immer diese Marke, weil ich die Sinnsprüche mag, die auf den kleinen Pappzetteln am Beutel stehen. Ich öffne die Packung und streife mit den Fingern sanft über die kleinen Tütchen. Heute ist es wichtig, dass ich ein paar tröstliche Worte erwische. Ich entscheide mich für die Mitte. Das Papier knistert vielversprechend. Bevor ich lese, beschließe ich: »Der Spruch wird mein Motto für die kommenden Tage sein.«

Dann liegen die Worte vor mir: »Jeder einzelne Herzschlag tanzt im Rhythmus der Seele.« Ich spüre, wie die Tränen feuchte Rinnsale auf meinen Wangen hinterlassen. Das ist kein passendes Motto. Mein Herz wummert seit Tagen planlos vor sich hin, meine Seele ist völlig aus dem Takt.

Ich sitze lange da, trinke Tee, nehme die Geräusche im Hausflur wahr. Klappern, Treppenknarzen Stimmen. Menschen im Alltag. Die Anderen. Ich gehöre nicht mehr dazu, mein Alltag hat sich aufgelöst. Ich bin Zuschauerin geworden, eine Außerirdische, die von einem fremden Planeten mit dem Fernrohr die Menschen beobachtet.

Irgendwann ist der Tee leer. Ich höre der Uhr beim Ticken zu und starre mit der Aufkleber-Eule vom Kühlschrank um die Wette. Ich stelle die leere Teetasse in die Spülmaschine. Vorher reiße ich das kleine Pappschild ab und werfe den gebrauchten Teebeutel in den Mülleimer. »Jeder einzelne Herzschlag tanzt im Rhythmus der Seele.« Wann war mein Herzschlag zuletzt im Takt? Wann sind meine Träume das letzte Mal tanzen gegangen? Seit wann funktionieren Rob und ich eigentlich nur noch?

Dann beschließe ich, nicht mehr vernünftig zu sein und hole den angebrochenen Rosé aus dem Kühlschrank. Ich vertrage Alkohol nicht gut, trinke höchstens ab und zu ein Gläschen Wein, und auch nur abends nach 20 Uhr. Aber heute soll das anders sein, beschließe ich trotzig. Es wartet sowieso niemand auf mich. Mit Vernunft bin ich in letzter Zeit ja sowieso zu nichts gekommen.

Ich gieße mir großzügig ein, nehme gleich einen kräftigen Schluck und dann noch einen. Ich muss nicht lange warten, bis die Wirkung eintritt und sich dieses Gefühl einstellt, in Watte zu fallen.

Ich bin Alkohol-Hochsensibel. Bei dem Gedanken muss ich kichern. Das Glas ist schneller leer als sonst. Ich genehmige mir ein Zweites, proste der Eule zu.

»In meiner Situation ist das erlaubt, alles ist erlaubt«, rufe ich.

Musik. Musik macht glücklich. Glück brauche ich jetzt. Ich hole meinen Laptop mit tänzelnden Schritten aus dem Wohnzimmer. Wie leicht einem das Laufen nach wenigen Gläsern Sturz-Rosé plötzlich fällt! Es fühlt sich fast an wie Fliegen, so wunderbar watteweich. Die Watte ist überall und ich komme mir vor, als schwebte ich durch den Raum. Ich suche im Netz nach Musik, höre querbeet, lasse mich an frühere Zeiten erinnern. Bei Zweiraumwohnung ziehen die Wolken mal wieder vorbei und wenn es regnet, kommt eine inzwischen gealterte Anna bei Freundeskreis vorbei.

Ich breche in Tränen aus, weil »Ich und Ich« sanft vermuten, du seist ohne mich vielleicht doch nicht so glücklich. Und ja, Rebekka Baken, auch ich befinde mich derzeit nicht auf einem leichten Weg.

Ich heule, trinke weiter.

Ich bin super im Problemlösen, das sagen doch alle. Wäre doch gelacht, wenn ich meine Situation nicht in den Griff bekommen würde. Rob soll nicht denken, er könne alles mit mir machen! Die Kinder sollen glücklich aufwachsen. Ich bin die Mutter, ich werde nicht zulassen, dass ihr Vater ihnen eine andere weibliche Person als Ersatz vorsetzt! Ich fühle mich plötzlich stark, bin wild entschlossen, mir mein Leben nicht verderben zu lassen.

Ausgelassen springe ich im Zimmer herum. Schöne rote Locken habe ich, hat dieser Niklas aus dem Schlafzentrum neulich zu mir gesagt. Jaha, die lasse ich jetzt fliegen. Ich drehe mich, tanze, hüpfe und trinke weiter.

Ich tanze so lange, bis ein stechender Schmerz durch meinen Magen fährt. Mit gekrümmten Rücken lasse ich mich auf die Bank fallen. Mir ist ganz schwummrig vom Alkohol, das wohlige Wattegefühl hat sich davongeschlichen und lässt mich elend alleine.

Judith Holofernes singt von der Pechmarie, die sich anziehen und tanzen gehen soll. Dabei merke ich, dass ich nicht mehr tanzen kann. Mir ist schlecht, meine Beine fühlen sich plötzlich endlos schwer an. Ich möchte aufstehen, da wird mir schwummrig und durch meine Magen fährt wieder dieser Schmerz wie ein Stich. Ich vertrage keinen Alkohol. Nicht einmal die paar Gläschen Wein. Na gut, zugegebenermaßen handelt es sich mittlerweile fast um ein ganzes Fläschchen Wein, das ich geleert habe.

Ich bin nicht gesellschaftsfähig. Ich bin nicht perfekt, im Gegenteil. Ich habe meine Familie verloren, meine heile Welt. Ich habe zuwenig aufgepasst, habe alle Anzeichen übersehen. Die Tränen sind sofort wieder da, sogar heftiger als vorher. Ich heule, meine Nase verstopft, aber das ist mir egal, ich ziehe alles laut und kräftig hoch. Ich lege mich auf den Küchenboden und rolle mich zusammen, wie eine Kellerassel in einer Gefahrensituation. Ich möchte mich unsichtbar machen, möchte für alle Zeiten hier liegen bleiben, nichts mehr sehen, nichts mehr hören, nichts mehr entscheiden müssen.

»Suche dir Hilfe, Schätzchen, geh' zu einem Therapeuten!« Plötzlich taucht der Satz meines Freundes Herbert in meinem Kopf auf und lässt sich nicht mehr wegschieben.

Verflixt! Ja, mir geht es schlecht, fürchterlich schlecht. Ich weiß nicht mehr ein noch aus. Wie soll ich Rob begegnen? Wie soll das alles weitergehen mit den Kindern, mit der Wohnung? Wir können nicht ewig aneinander vorbeileben und uns per Post-it verständigen. Wo soll das hinführen? Was soll ich tun?

»Such dir Hilfe!« Herberts Worte haben feine Widerhaken und klammern sich in meinem Hirn fest. Dort spielen sie Schallplatte, drehen sich immer weiter. »Hol dir Hilfe! Such dir einen Therapeuten!«

Ich traue mich erst nicht, aber mein Körper übernimmt die Kontrolle. In meinem komischen Schwebezustand sehe ich mir selbst zu, wie ich am Laptop sitze und »Therapeut« und den Namen meiner Stadt in die Suchmaschine eingebe. Ratlos lasse ich meinen Blick über die Treffer schweifen: Zwei psychotherapeutische Praxen und ein Psychoanalytiker sind hier als Erstes aufgelistet.

Ich klicke mich durch die Webseiten. Frau Dr. Ariane Blumenschön sieht sehr nett aus, ist aber auf Essstörungen spezialisiert. Außerdem hat sie gerade Urlaub. Zu einem Psychoanalytiker wie Dr. Herz möchte ich eigentlich nicht. Ich brauche akute Lebenshilfe. Die Website von Dr. Maler und Dr. Rose sieht einladend aus. An diesem Freitagnachmittag haben sie auch noch Bereitschaftsdienst, prima. Ich suche mir die Telefonnummer, gebe mir einen Ruck und wähle.

Ich bin mir bewusst, dass ich gerade betrunken bin und bete, dass die Person am anderen Ende das nicht merkt. Meine Stimme klingt seltsam weich, als ich mich vorstelle.

»Seraphine Wollner, ich hätte gerne einen Termin, weil mein Leben derzeit durcheinandergeraten ist.«

Die Stimme am anderen Ende der Leitung klingt freundlich und aufgeschlossen. Ob ich ein Notfall sei, fragt sie. Ich verneine mit Inbrunst. Ein Notfall bin ich nicht! Mein Mann hatte eine Affäre, das ist schlimm, aber kein Notfall. Oder? Es gibt sicherlich Menschen, denen es wesentlich schlimmer geht als mir. Ich komme mir plötzlich lächerlich vor.

Die freundliche Stimme schlägt mir einen Termin in vier Wochen vor. »Vorher sieht es bei uns schlecht aus, da ist alles voll.«

Mein Mut verlässt mich. »Da muss ich erst mal meinen Terminkalender checken. Ich melde mich dann noch mal«, höre ich mich sagen. Ich lege auf und heule los.

So weit ist es also mit mir. Ich sitze hier am hellen Tag total betrunken und rufe Therapeuten an, die nichts von mir wissen wollen.

Der Trotz überrollt mich ganz plötzlich. Ich gucke der Aufkleber-Eule direkt in die großen Kulleraugen und rufe: »Mir doch egal, dass keiner Zeit hat! Ich schaffe das auch allein wieder auf die Beine!«

Der Trotz bringt mich dazu, einen weiteren Wein aus dem Regal zu holen, einen Weißwein. Er ist ungekühlt, aber ich öffne ihn trotzdem. Dann wähle ich halbherzig die Nummer des Psychoanalytikers Dr. Herz. Ein Anrufbeantworter teilt mir mit, dass ich außerhalb der Sprechzeiten anrufe.

Der Weißwein schmeckt etwas herber als mein Rosé von vorhin. »Grüner Veltliner, Bioernte, warm im Geschmack, trübe im Abgang und nicht besonders aufregend«, informiere ich die Eule. Sie schweigt dazu. Auch egal mit dem Wein. Ich trinke ja sowieso nicht zum Genuss, sondern versuche, wie viele Gläser Wein ich brauchen werde, um meine Traurigkeit wegzuspülen.

Noch einmal gucke ich auf die Ergebnisse meiner Onlinesuche. Die Anzeige ganz oben fällt mir erst jetzt auf. Vorher hatte ich sie übersehen.

»Seeehr hübsch, so rund und esoterisch irgendwie. Flieg doch mal her und guck!«, fordere ich die Aufkleber-Eule auf. Das dumme Vieh reagiert natürlich nicht. Ich klicke aus Spaß, weil die Anzeige so schön bunt aussieht. »Carina Blue – Entspannungscoach, Lebensberaterin, Zuhörerin« steht da in geschwungener Schrift. Dann öffnet sich ein Video, über das ich mich in nüchternem Zustand bestimmt amüsiert hätte. Zu sehen ist eine rundliche Frau mit wuscheligem grauen Haar. Sie trägt ein indigofarbenes Ökoleinenkleid.

Ich starre die Frau interessiert an, bin überrascht, weil ihre Stimme so warm und offen klingt.

»Willkommen, ich bin Carina Blue. Fühle dich bei mir wohl und aufgehoben! Egal welche Probleme du in deinem Leben hast, ob Liebeskummer, Geldsorgen oder Zukunftsängste. Ich lasse dich nicht allein! In meiner *Lagune der Leichtigkeit* findest du einen Zufluchtsort. Hier habe ich ein paar einfache Tipps für dich, wie du dein Wohlbefinden verbessern kannst.«

Carina Blue spricht vom Atmen und davon, dass ich mir vertrauen soll, mir und meiner Kraft. Es mag am Wein liegen, aber ich habe das Gefühl, dieses Video sei nur für mich. Diese wuschelhaarige Frau schafft es tatsächlich, mich ein wenig zu beruhigen.

»Es strömt richtig Energie durch meine Körper!«, sage ich begeistert zu meiner Aufkleber-Eule. Dann wende ich mich wieder dem Video zu.

»Wenn du mehr von mir hören möchtest und du dein Lebensgefühl innerhalb der nächsten Tage deutlich verbessern willst, bist du herzlich eingeladen, dir meine fünf kostenlosen Lebensmut-Videos herunterzuladen«, sagt Carina Blue in diesem Moment.

Ich bin fix und fertig. Es ist mir sowieso schon alles egal. Diese Frau hier ist gerade meine einzige Gesellschaft. Ich tippe meine E-Mail-Adresse in das kleine, lila umrandete Feld ein. Kurz darauf erhalte ich einen Link zu Carina Blues Lebensmut-Videos.

Aber nicht nur das. Ich bekomme auch noch ein anderes Geschenk. Angesichts dessen wird mir heiß, was wahrscheinlich nicht nur dem Alkohol zuzuschreiben ist, sondern auch der Panik, die bei Carinas Nachricht in mir aufsteigt.

»Scheiße«, flüstere ich. Ich starre auf die Buchstaben und das lila-blaue Carina Blue-Logo: »Herzlichen Glückwunsch, du bist die 150. Besucherin, die sich meine neue Videoserie heruntergeladen hat. Dafür möchte ich dir etwas schenken! Freue dich über ein kostenloses Live-Coaching mit mir. Ruf mich am besten gleich an! Oder schreibe mir eine Nachricht mit dem Stichwort »Wundertüte 150«. Ich bin gespannt auf dich! Deine Carina.«

Das gibt's ja gar nicht! Was soll das denn? 150. Besucherin. Kostenloses Coaching. Spätestens jetzt sollte ich abbrechen, das ist mir klar. Der Kühlschrank brummt warnend. Ich weiß ja, mit dem Internet muss man vorsichtig sein. Das ist wahrscheinlich alles ein Nepp. Wer weiß, was für eine komische Organisation hinter Carina Blue steckt.

Doch der Alkohol hat mich übermütig gemacht. Meine Befürchtungen sind nicht so groß wie meine Neugier. Was soll schon passieren? Schlimmer als jetzt kann mein Leben sowieso nicht mehr werden. In einem plötzlichen Anflug trunkener Entschlossenheit greife ich ein weiteres Mal zum Telefon. Falls hinter Carina Blue eine Sekte steckt, dann werde ich das schon rechtzeitig merken. Ein wenig Abwechslung in meinem neuen traurigen Leben kann mir nur gut tun.

Ich kichere nervös, als das Freizeichen ertönt, erwarte einen Anrufbeantworter wie bei Dr. Herz, dem Psychoanalytiker. Aber Carina Blue ist direkt am Handy.

»Ich bin Seraphine Wollner. Ich habe eine E-Mail von Ihnen bekommen, angeblich habe ich ein Coaching gewonnen. Das Stichwort lautet Wundertüte 150.«

Carina Blue lacht ein heiteres Lachen und gratuliert mir. Ihre Stimme klingt wie in dem Video, nur etwas verzerrter, weil die Verbindung schlecht ist.

»Ich war schon ganz gespannt, wer mein Gewinner sein würde. Und dann ist es ein Engel persönlich«, sagt sie und klingt ehrlich dabei. Sie bestätigt mir, alles habe seine Richtigkeit, sie habe wirklich ein kostenloses Coaching verlost. Abhängig von meinem Wohnort könnten wir entweder skypen, ich könnte aber auch persönlich zu einer »Face-to-Face-Sitzung« in ihrer *Lagune der Leichtigkeit* vorbeikommen.

»Ich wohne in der Nähe, ich habe in der Suchmaschine Therapeuten in meiner Umgebung gesucht«, sage ich. Gleichzeitig erschrecke ich bei diesen Worten. Soeben habe ich einer wildfremden Person verraten, dass ich ein Problem habe und gezielt nach Hilfe Ausschau halte. Carina Blue geht nicht darauf ein. Sie freut sich. »Dann können wir uns persönlich kennenlernen!«, ruft sie. Sie schlägt mir einen Termin am nächsten Tag um 14 Uhr vor. »Falls du spontan Zeit hast.«

Meine Zweifel holen mich ein, nachdem ich aufgelegt habe. »Was habe ich da nur gemacht?! Ich habe einer selbst ernannten Bio-Lifestyle-Coaching-Tante meine Mailadresse in den Rachen geschmissen und mich auch noch mit ihr verabredet.

»Du tickst echt nicht mehr richtig«, sage ich

unfreundlich zu mir selbst. Dann muss ich kichern. Es ist alles so verrückt. Dieses Leben, das mir von einem Tag auf den anderen aus den Fugen geraten ist, das mich hier sturzbetrunken in meiner Küche sitzen lässt und mich mit komischen Menschen zusammenbringt. Soll ich lachen oder weinen? Ich weiß es nicht, tue alles wechselweise. Mein Kopf hämmert, mein Magenreißen wird immer schlimmer.

Zeit zum Ausnüchtern. Mit einer Flasche Mineralwasser ziehe ich mich ins Schlafzimmer zurück. Dort liege ich eine gefühlte Ewigkeit wach auf meinem Bett, meine Kleidung habe ich angelassen und auch die Rollläden ziehe ich nicht nach unten. Die Scheinwerfer der Autos unten auf der Straße malen beruhigende Muster auf die Wände.

Im Dämmerzustand denke ich an dich, Maura. Du hättest dich über mich lustig gemacht. Aber du wärst ja auch nicht gleich bei einem Gläschen Wein vom Stuhl gekippt. Wenn wir noch befreundet wären, dann säße ich jetzt vermutlich in deiner kleinen Küche, meine Kinder hätte ich zu Heinrich ins Kinderzimmer gelegt. Wir würden die ganze Nacht quatschen.

Euer kleines Haus, das dein Mann von seinem Großonkel geerbt hatte, stand immer offen für Gäste. Bei dir musste sich niemand anmelden. Man konnte spontan vorbeikommen und sich auf die Veranda setzen oder unter einen der alten Apfelbäume, in eurem verwilderten Garten.

Das Haus war nicht groß, renovierungsbedürftig und nur mit dem Nötigsten ausgestattet. Thomas hatte das Bad notdürftig selbst erneuert und mit einem Warmwasserboiler versehen. Mit Freunden hatte er sich um das Dach gekümmert. Das kleine Anwesen strahlte einen magischen Charme aus.

Ich beobachte die Kringel an den Wänden. Mit einem sanften Rauschen fährt unten ein Fahrzeug vorbei.

Das Geräusch tröstet mich. Ich bin nicht alleine auf der Welt, auch wenn ich mich gerade so fühle.

Ich schicke meine Gedanken auf Reisen. Zu dir, zu dem Tag, als ich dir von meiner Schwangerschaft mit Antonin erzähle. Vor meinem geistigen Auge erscheint euer Garten mit den alten Apfelbäumen, die Beete mit Erdbeeren, Tomaten und Zucchini. In den Bäumen hängen Schaukeln. Thomas hat sie aus Autoreifen gebaut. Das Baumhaus, das man über eine Leiter erreichen kann, hat er auch selbst gezimmert. Die Rutsche daneben endet in einem mit Wasser gefüllten Planschbecken.

Ich höre Kinder lachen, sehe meine Tochter Charlie, die im Beet sitzt und sich die Erdbeeren direkt in den Mund stopft. Ihr habt zu einer Grillparty eingeladen, denn du liebst Feste, Maura, und nutzt jede Gelegenheit, um wieder eines auszurufen. Zu Essen gibt es reichlich: Salate, Antipasti, Kuchen – jeder Gast hat etwas mitgebracht. Weil du, Maura, eine begeisterte Köchin bist und zudem deine Quellen hast, bei denen du günstige Lebensmittel bekommst, den Gemüsemann um die Ecke beispielsweise, der dir immer alles für die Hälfte gibt, hast du noch einmal ebenso viel selbst gemacht.

Thomas hat für die Kinder kleine Schätze in Luftballons versteckt, klebrige Kaubonbons zum Beispiel oder selbst gemalte Mini-Bildchen mit bunten Tieren darauf. Die Kinder quietschen begeistert, wenn sie wieder einen Ballon zum Platzen bringen. Sie stopfen sich das Zuckerwerk in den Mund. Du, Maura, schnauzt jeden an, der irgendetwas von »Zucker« oder »ist nicht gut für die Gesundheit« einwendet.

»Hört doch mal auf mit Bio, das geht mir voll auf die Nerven«, rufst du immer wieder.

Die Nachmittagshitze verbreitet eine wohlige Trägheit und ich genieße den sanften Wind, der meine

Haut streichelt.

»Ich habe neulich Schnaps geschenkt bekommen, wer möchte was davon?« Du verteilst kleine Gläser. »Komm Seraphine!«

Ich schüttele den Kopf. Weil du nicht nachgibst, deute ich dezent auf meinen Bauch. Da lachst du, ich spüre, wie du dich freust. »Das ist super, Seraphine, ich liebe Kinder, ich möchte mindestens vier haben!«, rufst du.

»Warum hast du dann nur eins?«, frage ich, aber du gibst mir darauf keine Antwort. Ich habe sogar den Eindruck, du überhörst diese Frage absichtlich. Ich denke darüber nach, wie gut es ist, dass du endlich Aussicht auf einen Job hast. Du hast mir erzählt, du seist zu einem Vorstellungsgespräch eingeladen. In der Stadt soll ein neues Sozialprojekt entstehen, ein interaktives Kindermuseum. Dafür werden noch Mitarbeiter gesucht.

Lange ist das her, dieses Fest, dieser sonnige Tag. Wann haben wir uns das das letzte Mal gesehen? Es kommt mir vor wie eine Ewigkeit.

Meine Augen fahren einer weiteren Lichtspur an der Wand hinterher. Ich hatte mich unheimlich gefreut, als Maura den Job wirklich bekam. Das hatte sie mehr als verdient. Ich konnte ja damals nicht ahnen, welche Wendung das Leben noch für uns beide bereithielt.

Ich gähne, gebe mich der wohlig warmen Schwere hin, die mich plötzlich übermannt. Gnädigerweise kommt mich der Schlaf in dieser Nacht doch noch besuchen.

GUTER RAT FÜR MISS PERFEKT

»Seraphine, Engelein, was ist passiert? Du siehst noch schlechter aus als vorgestern, total kacke!«

Ich schätze an Herbert normalerweise diese Kombination aus natürlichem Charme und gnadenloser Ehrlichkeit. Doch jetzt, als er mir einen Kaffee und eine Kopfschmerztablette kredenzt, hätte ich mir etwas mehr Trost von ihm gewünscht.

Die Nacht war kurz, mein Schlaf unruhig. Nach dem Aufstehen ging es mir hundsmiserabel, was ja nach dem gestrigen Tag nicht weiter verwunderlich ist. Dennoch war da diese Entschlossenheit. Solche schlimmen Stunden möchte ich nicht ein zweites Mal erleben. Deswegen werde ich heute alles dafür tun, mir den Tag so angenehm wie möglich zu gestalten. Ich habe eine lange, warme Dusche genommen und mich dann anschließend ins *Herr Bert* zum Frühstücken aufgemacht.

»Erkennst du dich selbst, wird auch das Glück dich finden«, zitiere ich laut mein neues Teebeutel-Motto. Zum Aufstehen habe ich mir nämlich einen »Guten-Morgen-Tee« genehmigt.

Herbert grinst: »Wir haben ja leider nur offene Sorten, Qualität wird hier nämlich großgeschrieben«, sagt er. »Hochwertig kann auch im Beutel sein. Mein Tee ist nicht irgendein Billigmist, darauf gucke ich schon«, verteidige ich mein Lieblingsgetränk.

»Immer wieder schön, wenn Marketing funktioniert«, findet Herbert.

»Immer wieder schön, wenn man morgens Komplimente bekommt, wie ,kacke aussehen' und so was«, murre ich.

Herbert zündet die Kerze auf meinem Tisch an. »Die Frage ist doch: Warum siehst du so aus? Was war los?«, grenzt er ein.

Ich stöhne: »Zuviel Wein! Kein Wunder, dass ich da nicht richtig auf der Höhe bin. Außerdem befinde ich mich in einer Extremsituation. Da kann einem so ein Ausrutscher passieren.«

Herbert grinst. »Mit einem Alkohol-Ausrutscher kann unsere Miss Perfekt nicht umgehen? Musst einfach mal spucken gehen!« Ich gucke ihn sauer an, kann ihm jedoch nicht böse sein, weil er mir schelmisch zuzwinkert.

»Von wegen Miss Perfekt, das Projekt hat nicht funktioniert, wie du weißt«, sage ich. »Jetzt sitzt Miss Perfekt da, ohne Familie, mit einem Kater, mutterseelenallein.«

»Und mit zerknitterter Bluse«, ergänzt mein Freund. Er lacht, weil ich betreten an mir herunterblicke.

Stimmt, ich bin seit einigen Tagen auch optisch eine andere. Kleidung ist mir wichtig. Ich würde normalerweise nie mit ungebügelten Stoffen das Haus verlassen. Heute habe ich an so etwas einfach nicht gedacht. Ich seufze und folge Herbert Blick zum Tresen, an dem Mechthild steht. Sie rudert mit den Armen und formt mit dem Mund lautlos Sätze.

»Was macht deine Frau da? Pantomimetheater?«,

frage ich.

Herbert hat das Gefuchtel anscheinend verstanden, denn er übersetzt mir. »Sie möchte wissen, was aus dem Typ mit dem Vorschlaghammer geworden ist.«

Für einen Moment muss ich überlegen. Meinen neuen Nachbarn, den Pirat, wie Mechthild ihn bei unserem letzten Gespräch genannt hat, habe ich in der Aufregung aus dem Blick verloren. Nach dem Gespräch im *Herr Bert* hatte ich am Klingelschild nach dem Namen des Mannes geguckt. F. Wischmann. Gesehen habe ich ihn bis jetzt nicht mehr.

»Keine Ahnung. Er heißt F. Wischmann. Fritz, Ferdinand, Friedemann oder denk-dir-selbst-was-mit-F.-aus-Wischmann. In meinem Leben ist derzeit genug los. Ich habe keine Zeit, mich auch noch darum zu kümmern.«

Ich zögere kurz, weil ich befürchte, er werde mich auslachen. Dann erzähle ich ihm von Carina Blue. Zugegebenermaßen habe ich vor meinem Termin heute Nachmittag ein wenig Angst. »Das ist keine Therapeutin, sondern so eine selbst ernannte Guru-Irgendwas-Tante«, sage ich.

Herbert grinst schadenfroh. »Das trifft sich doch gut, dass das keine Therapeutin ist. Du hast schließlich kein Problem, nur ganz normalen Liebeskummer. Da ist das doch super: Da gehst du mit einem Nicht-Problem zu einer Nicht-Therapeutin.«

Ich schmolle angesichts seiner Ironie. Herbert erinnert sich leider zu gut, an unser Gespräch, das wir kürzlich führten. Er wollte, dass ich mir Hilfe suche, ich hatte das vehement abgelehnt.

Seufzend gestehe ich: »Du, ich habe richtig Angst. Ich hab' da gestern voll den Mist gemacht. Ich hätte mich nicht auf diese Frau einlassen sollen. Ich weiß gar nicht, warum ich diese doofen Videos angesehen habe.«

Herbert fällt dazu nur ein: »Vielleicht sind die

Videos gar nicht so doof. Irgendwas hat dich daran angesprochen. Solche Leute sind manchmal wirklich hilfreich. Sie arbeiten eben etwas unkonventioneller. Aber das muss ja nicht schlecht sein.«

Diesbezüglich bin ich mir nicht sicher. Ich stehe mit beiden Beinen fest im Leben und glaube nicht an Hokuspokus. Beim Gedanken an Carina Blue wird mir flatterig im Bauch.

»Ich war betrunken«, knurre ich unwillig, Herbert ignoriert das. Er ist überzeugt, ich solle den Termin heute wahrnehmen.

»Weil du es ja sowieso gewonnen hast, es kostet dich nichts. Weil du gerade Zeit hast und zufälligerweise wirklich jemanden zum Reden brauchst. Außerdem bin ich total neugierig.«

Er hat ja recht. Ansehen kann ich mit diese Carina ja mal. Zu verlieren habe ich sowieso nichts mehr.

Zwei Stunden später laufe ich mit zittrigen Beinen die Straße entlang. Ich mache mir Vorwürfe, weil ich mir mit diesem Termin wahrscheinlich ein neues Problem aufgeladen habe. Gleichzeitig versuche ich, mich selbst zu beruhigen. Was soll mir schon passieren? Die Frau wird mich nicht verhexen. Und wenn es mir nicht gefällt, dann gehe ich einfach wieder.

Die Adresse zur *Lagune der Leichtigkeit*, die Carina Blue mir gegeben hat, liegt an einer dicht befahrenen Straße. Hier sausen die Autos so schnell und in so großer Zahl vorbei, dass mir die Ohren rauschen. Unterhalten kann sich bei diesem Lärm keiner mehr, man müsste sich schreiend verständigen. Aber ich bin ja sowieso allein.

Die angegebene Hausnummer gehört zu einem Hinterhofgebäude. Durch ein großes, steinernes Eingangsportal betrete ich den pflanzenbewachsenen Innenbereich eines Karrees. Von einer Minute auf die andere herrscht angenehme Stille. Ich latsche über das ausgetretene Kopfsteinpflaster zur Eingangstür des kleinen Gebäudes, das sich hier befindet. An den Mauern rankt Wilder Wein. Unter einem Kastanienbaum befinden sich Fahrradständer.

Malerisch ist das alles. Trotzdem pocht mein Herz merkwürdig schnell. Meine Hände fühlen sich seltsam feucht an. Wovor habe ich Angst? Vor Carina? Muss ich mich fürchten?

Über vier Stufen gelange ich zur Eingangstür. Das lila-blau geschwungene Symbol auf dem durchsichtigen Fieberglasschild am Eingang kenne ich schon aus dem Netz. *Lagune der Leichtigkeit* steht in geschwungenem Schriftzug darauf. Ich trete ein und lande in einer Garderobe.

Der kleine Vorraum ist mit einem Schuhregal und einer Sitzbank aus hellem, unbehandeltem Holz ausgestattet. An der rechten Seite führt eine weitere Tür vermutlich in Carinas Lagune. Sie ist geschlossen. Das helle Holz findet sich auch im Rahmen der drei schlangenförmig geschwungenen Spiegel wieder, die an der Wand gegenüber hängen.

Mit Klebstreifen hat jemand einen handgeschriebenen Zettel auf dem Glas befestigt, dessen Botschaft mich kurz nach Luft schnappen lässt. »Erkennst du dich selbst, wird auch das Glück dich finden«, steht da. Das ist mein heutiges Tagesmotto, über das sich Herbert vorhin noch lustig gemacht hat. Seltsamer Zufall. Sicherlich gibt es dafür eine einfache Erklärung. Vielleicht trinkt Carina Blue dieselbe Teesorte wie ich.

Ich unterdrücke trotzdem ein hysterisches Kichern. Mit aller Macht konzentriere ich mich auf die sachliche Aufforderung, die auf einem zweiten handgeschriebenen Zettel steht. »Schuhe bitte hier ausziehen«. Ein Pfeil verweist Richtung Sitzbank. Ich streife meine dunkelblauen Sneaker ab, wähle mir aus einem Korb mit bunten Stricksocken ein grün-gelb-meliertes Paar aus. An dem Korb hängt ein weiterer handgeschriebener Zettel: »Puschen zum Ausleihen«.

So ausgestattet starre ich für einige Minuten die Tür an, hinter der ich Carina Blue vermute. Es passiert nichts, die Spannung wird immer unerträglicher für mich. Ich klopfe kurz und trete ein. Eine helle Stimme ruft: »Willkommen!«

DIE LAGUNE DER LEICHTIGKEIT

Ich wundere mich nicht. Der Raum wirkt wie das Reich einer Waldfee. Angesichts der gestrigen Carina Blue-Videos hatte ich nichts anderes erwartet. Mit dem Öffnen der Tür habe ich ein Klangspiel aus Bambusholz in Schwingungen versetzt, das wundervoll dunkel tönt. Üppig rankende Grünpflanzen dominieren das Zimmer, in dessen Mitte dunkelrot-goldene Sitzkissen kreisförmig angeordnet sind. Am Fenster steht ein kleiner Tisch mit einer geschwungenen golden-roten Teekanne, aus der es dampft und herrlich duftet. Neben dem Klavier auf der gegenüberliegenden Seite öffnet sich ein weiteres Zimmer, in dem eine kleine Küchenzeile erkennbar ist. Die Schiebetür ist geöffnet, im Türrahmen hängt ein tellergroßer Traumfänger mit brauen, blauen und gelben Federn. Von irgendwoher erklingen Entspannungsmusik und Vogelgezwitscher.

Meine Aufmerksamkeit wird gleich von Carina Blue in den Bann gezogen. Sie sitzt auf einem der Polster im Mittelkreis und lächelt mir zu. »Willkommen, Seraphine«, wiederholt sie.

Sie steht auf, um mich zu begrüßen. Sie wirkt viel

größer als in dem Video. Ich bin einen Meter fünfundsiebzig groß, Carina überragt mich um einen halben Kopf. Dafür sehen ihr mondförmiges Gesicht mit den freundlichen Kulleraugen und die sympathisch zerzausten grauen Locken genauso aus wie im Video. Carina trägt auch wieder diese weite Mode aus Leinen, ein dunkelgrünes Trägerkleid diesmal, aus dem die Ärmel eines weinroten T-Shirts herausragen. Ihre Füße mit den weinrot-waldgrün geringelten Socken stecken in bequemen Sandalen.

»Die Kleidung wäre perfekt für ein Kind im Sandkasten«, schießt es mir durch den Kopf. Im gleichen Moment ist mir dieser Gedanken auch schon unangenehm. Ich habe diese Begegnung geschenkt bekommen. Andere Menschen bezahlen dafür viel Geld. Ich habe mir fest vorgenommen, dieser Sitzung unvoreingenommen zu begegnen. Ich denke an Herbert und seine Worte von vorhin. Ja. Ich sollte froh sein, diese Frau möchte mir helfen.

»Du hast ja bald Geburtstag Seraphine«, sagt Carina Blue. Sie hat sich das Datenblatt ausgedruckt, das ich für das Gewinnspiel ausgefüllt habe und betrachtet es konzentriert.

Ich nicke.

»Was wünscht du dir denn?«, fragt Carina.

Ich blicke sie erstaunt an, zucke mit den Schultern. Plötzlich habe ich einen Kloß im Hals. Soll das ein Scherz sein? Was soll ich mir wünschen? Ich bin Mutter, kein Kind mehr.

Alles, was ich möchte, ist, dass Rob mich nicht betrogen hätte. Aber weil mir diesen Wunsch niemand erfüllen kann, sage ich das nicht, sondern sehe die runde, bunt gekleidete Frau schweigend an und konzentriere mich darauf, den Kloß in meinem Hals nicht noch größer werden zu lassen.

»Keine Wünsche?«, fragt sie.

»Heißen Sie wirklich Carina Blue?« Die Frage rutscht mir raus, bevor ich weiter darüber nachdenken kann. Es ist eine Abwehrreaktion, denn Carina ist mir innerhalb weniger Sekunden sehr nahe gekommen. Ich kann damit nicht umgehen. Ihre Frage nach meinen Wünschen hat mich getroffen.

Carina Blue erklärt: »Nein, das ist nicht mein richtiger Name. Eigentlich heiße ich Ingeburg Schnutzke, aber damit kann man keine Karriere im Netz machen, vor allem nicht als Coach. Finde ich zumindest.«

»Als Carina Blue geht das wohl besser mit der Karriere?«, frage ich. Ich möchte gemein klingen, aber sie überhört meinen Tonfall einfach. Stattdessen nickt sie. Ich denke darüber nach, was für ein bescheuerter Name Ingeburg Schnutzke ist. Sie erzählt: »Weißt du, Seraphine, ich hatte einen Bürojob in einer kleinen Firma, ziemlich eintöniger Kram. Die Firma ging irgendwann pleite, ich war arbeitslos, dann auf Hartz IV. Dann habe ich beschlossen, mein Talent im Umgang mit Menschen zu nutzen und habe die *Lagune der Leichtigkeit* gegründet.«

Sie lächelt. Ich spüre ihre Zufriedenheit, das macht mich unruhig. Ich bin gerade überhaupt nicht zufrieden.

Carina Blue holt Teetassen aus dem Regal, gießt ein, verrührt Milch und Zucker und serviert. Wir lassen uns auf den Sitzkissen nieder. Sie blickt mich an. »Hast du eigentlich was dagegen, wenn wir uns duzen?«, fragt sie. Ich schüttele mit dem Kopf, nein, da habe ich nichts dagegen, außerdem duzt sie mich ja schon die ganze Zeit.

Sie sieht mich forschend an. »Seraphine, was ist mit dir?«

Mich überwältigen ihr Mitgefühl und ihre souveräne Art, mit der sie meine Aggression einfach weglächelt.

Da erzähle ich ihr doch von den vergangenen Tagen. Von meinem perfekten Leben, das in tausend Scherben zersplittert ist, von meinen Kindern, denen ich die Wahrheit nicht zumuten möchte, von Rob, der mich so sehr verletzt hat. Sie hört zu. Sie lacht mich nicht aus, sagt nicht, ich sei arrogant und selbstgefällig oder zumindest taub und blind. Sie sagt nicht so etwas wie: »Das hättest du doch merken müssen, dass in deiner Ehe etwas nicht stimmt!« Carina ist in diesem Moment einfach für mich da. Es tut gut, das muss ich wider Willen zugeben.

»Ich wünsche mir eigentlich nur, dass alles wieder gut wird«, sage ich.

Carina sieht mich nachdenklich an. »Das ist sehr allgemein«, murmelt sie. »Die Frage ist: War überhaupt alles gut? Und: Was war das, was so gut war?«

Ihre Fragen verwirren mich. Ich weiß darauf keine Antwort. Ich bin bislang immer davon ausgegangen, ein perfekt harmonisches Familienleben müsse so aussehen, wie wir es geführt haben. Aber hat es uns wirklich glücklich gemacht? Vergangene Woche hätte ich diese Frage inbrünstig mit »Ja« beantwortet. Jetzt bin ich mir plötzlich nicht mehr sicher.

Carina wird konkreter. »Ich habe dich vorhin gefragt, was du dir wünscht. Okay, du bist von deinem Mann enttäuscht worden, du wünscht dir deine Ehe zurück, so wie sie war. Aber was ist da noch Seraphine? Was ist mit dir selbst? Was sind deine Träume? Wie stellst du dir dein Leben vor? Woran hast du Freude? Was erfüllt dich?«

Mir fallen keine Antworten ein. Ich starre stumm vor mich hin, konzentriere mich auf das rotgoldene Muster der Teekanne, um mich von dem Schmerz abzulenken, den Carinas Worte bei mir verursachen. Ich schweige. Carina lässt die Stille zu, die sich ausbreitet.

Eine ganze Weile sitzen wir da, es ist nichts zu hören, außer der leisen Entspannungsmusik und dem Vogelgezwitscher aus den Boxen. Dann guckt Carina mich an, nippt an ihrem Tee, fixiert mich mit ihren warmen grauen Augen und sagt bestimmt: »Seraphine, wir sollten unbedingt herausfinden, wohin deine Träume verschwunden sind.«

Ich sage immer noch nichts, sie legt los. »Hast du Hobbys? Was machst du gerne? Was haben Rob und du gerne zusammen gemacht? Was verbindet euch?«

Die Fragen prasseln auf mich ein wie ein warmer Regen. Ich heule los, weil ich sie nicht beantworten kann. In diesem Moment wird mir klar: Da ist nichts mehr, schon lange nicht. Ohne es zu merken, habe ich vor lauter perfekter Organisation alles, was ich liebte, beiseitegeschoben. Hobbys? Keine Zeit! Wünsche? Schon lange keine mehr! Rob und ich? Wann haben wir das letzte Mal gemeinsam etwas unternommen?

Das Einzige, was mich derzeit erfüllt, ist meine Arbeit im Schlaflabor. Aber vielleicht wache ich ja so gerne über die Träume anderer Menschen, weil ich meine eigenen verloren habe.

Dankbar nehme ich die Pappbox mit den Papiertaschentüchern, die Carina mir anbietet. Ich putze mir die Nase, wische mir die Tränen von der Wange. Dann nehme ich einen Schluck Tee.

»Entschuldige den Heulanfall«, schnuffele ich und versuche zu lächeln. Carina sagt ruhig: »Tränen reinigen. Und du bist nicht die einzige Person, der das hier passiert.«

Normalerweise würde ich mich über diese salbungsvollen Worte kaputtlachen. Doch im Moment sind außerordentlich wohltuend. Carina guckt mich schweigend an.

»Ich muss umdisponieren. Das ist jetzt ein bisschen anders gelaufen, als ich dachte«, sagt sie. Sie sieht für einen Moment ratlos aus. Dann atmet sie tief durch und erklärt mir ihren Plan.

Sie bietet mir an, das kostenlose Coaching auf mehrere Sitzungen aufzuteilen. »Eigentlich hatte ich das nicht so geplant. Ich wollte einfach mal eine andere Werbeaktion ausprobieren und dachte, ich verlose eine Schnupperstunde. Aber für deine Situation benötigen wir Plan B.« Sie holt tief Luft. »Seraphine, du steckt in einer Krise, ich möchte dir gerne zur Seite stehen. Deshalb mache ich eine Ausnahme und gebe dir sozusagen einen Premiumgewinn, ein mehrteiliges, kostenloses Coaching, wenn du möchtest.«

Ich gucke sie zweifelnd an, da erklärte sie: »Ganz ehrlich, für mich bringt das auch einen Vorteil. Neulich habe ich bei einer Fortbildung eine neue Methode kennengelernt, um Lebensfarben wieder zum Leuchten zu bringen. Du bist die perfekte Person, um sie auszuprobieren. Wir würden also eine Win-win-Situation erschaffen.«

Carinas Vorschlag klingt vielversprechend. Ich bin gerührt, weil diese Frau so ehrlich mit mir ist. Klar, sie interessiert sich für ihre Therapiemethode, trotzdem möchte sie mir offenbar wirklich helfen.

Einerseits zweifle ich noch immer, ob diese selbst kreierte *Lagune der Leichtigkeit* der richtige Ort ist, um Probleme in den Griff zu bekommen.

Doch zugegebenermaßen habe ich mir durch Carinas Fragen zum ersten Mal eingestanden, dass mir mein Leben schon seit Längerem außer Kontrolle geraten ist. Und da ist dann noch die Neugier. Diese Frau ist anders als alle Menschen, die ich bislang kennengelernt habe. Ich möchte unbedingt wissen, was sie zu bieten hat.

Die warnende Stimme in meinem Kopf drücke ich einfach beiseite. »Sei vorsichtig, sie könnte immer noch die Anführerin einer neu gegründeten Sekte sein», wispert es aufgeregt in meinem Inneren. Ich ignoriere das, lächle und nicke. »Einverstanden!«

Carina freut sich. Sie sieht plötzlich sehr tatkräftig aus. Sie steht auf. »Dann habe ich bis zu unserem zweiten Treffen eine Aufgabe für dich: Suche drei Gegenstände aus deiner Vergangenheit, die du mit einem glücklichen Erlebnis, einem Hobby oder einem Traum verbindest, und bringe sie das nächste Mal mit!«

Fragend blicke ich sie an. »Drei Gegenstände?«

Sie konkretisiert: »Naja, beispielsweise eine alte Sandschaufel, mit der du als Kind immer besonders glücklich warst. Oder den ersten Blumenstrauß, den dir dein Mann geschenkt hat, den du getrocknet hast und seit Jahren aufbewahrst.«

»Ich habe noch nie einen Blumenstrauß getrocknet«, sage ich grinsend. Ich verstehe, was Carina mir mit diesen Beispielen sagen will. Selbst wenn diese Übung kein Ergebnis bringen sollte, wird es mir bestimmt Spaß machen, drei persönliche Dinge zu suchen. Zumindest habe ich dann eine gute Ablenkung von meinem tristen Alltag.

Ich verabschiede mich von Carina. Sie drückt meine Hand mit ihren warmen, rauen Fingern.

Als ich nach draußen gehe, sitzt in der Garderobe ein Mann. Er nickt mir freundlich zu, während ich mir meine Schuhe überstreife. Lustigerweise ist sein nettes Gesicht ebenso zerknittert wie sein grauer Mantel. Er erinnert mich ein bisschen an den alten Inspektor Columbo aus der Abendserie meiner Kindheit. Die Filme waren damals schon alt. Als Kind liebte ich sie trotzdem.

»Carina, hallo!«, ruft der Mann. Er tritt an mir vorbei in den Entspannungsraum. Offensichtlich bekommt Carina Blue Kundschaft am laufenden Band.

POST-IT-GESPRÄCHE

Liebe Seraphine,
du hast die Spülmaschine schon wieder falsch eingeräumt! Da hätte noch viel mehr reingepasst. Ich hab sie nochmal umsortiert, das restliche schmutzige Geschirr mit reingepackt und wieder angestellt. Ich liebe dich!
Rob

Lieber Rob,
total blöd mit der Spüli. Das Geschirr wird nicht sauber, wenn es zu eng steht. Ich weiß nicht wie ich das weiter aushalten soll. Es nervt mich so viel an unserer Beziehung. Vielleicht solltest du mal eine Weile ausziehen...
Seraphine

CARINAS MUTMACH-NEWSLETTER

**Betreff: Achtung Seraphine, mit diesem kleinen Tipp
kann sich dein Leben ändern**

Meine lieben Freunde, liebe Seraphine,
heute möchte ich dir eine Übung an die Hand geben, die
absolut wirksam gegen Unruhe und Angst ist. Viele
Menschen befinden sich in einem Zustand permanenter
innerer Erregung. Ihnen fällt es schwer, einen gesunden
Rhythmus zwischen Anspannung und Entspannung zu
finden.

Warum ist das so? Wir alle laufen noch im
Steinzeitmodus. Unser Körper schüttet Stresshormone
aus, um uns leistungsfähig und aktiv zu machen. In
Gefahrenmomenten ist dieses Programm äußerst
nützlich, weil es Kraftreserven freigibt, mit denen wir
die Situation bewältigen können.

Allerdings werden wir heute eher selten beim
Beerenpflücken von einem Mammut überrascht. Unsere
Alltagssituationen sind kein Kampf ums Überleben. Der
Körper wird bei Stress dennoch mit aller Kraft auf ein

hohes Erregungslevel gebracht. Wir kennen nur wenig Techniken, ihn wieder herunterzufahren.

Dabei steht uns eine ganz wunderbare Sache zur Verfügung, mit der wir das hohe Erregungslevel in den Griff bekommen können: unsere Atmung.

Vielleicht lachst du jetzt, weil du das zu einfach findest. Freu' dich! ES IST SO EINFACH! Tatsächlich kannst du mit der 4-7-8-Atemtechnik dein Lebensgefühl innerhalb kurzer Zeit spürbar verbessern. Die Technik basiert darauf, lange auszuatmen. Dabei strömt viel verbrauchte Luft aus, der Puls senkt sich spürbar, ein Entspannungszustand tritt ein.

Ich selbst wende diese Übung regelmäßig an. Weil sie meine Lebensqualität spürbar verbessert, möchte sie heute mit dir teilen.

Die 4-7-8-Atemtechnik für mehr Lebensenergie:
Suche dir eine entspannte Position, setze oder lege dich hin. Wenn du möchtest, schließe die Augen.

Atme durch die Nase ein und zähle dabei bis vier.
Halte den Atem an und zähle dabei bis sieben.
Atme langsam durch den Mund aus und zähle dabei bis acht.
Wiederhole diesen Atmenrhythmus mehrmals, bis du dich merklich entspannst. (Ich lege mir oft noch Entspannungsmusik dazu ein).

Wenn du beim Ausströmen deines Atems ein gleichmäßiges Rauschen wahrnimmst, hast du die Übung richtig gemacht. Setze dich nicht unter Druck! Wahrscheinlich musst du die Übung mehrmals durchführen, um deinen Körper daran zu gewöhnen.

Ich wünsche dir viel Spaß und eine entspannte

Zeit.

Herzliche Grüße aus der *Lagune der Leichtigkeit*
sendet dir Carina

SPIELPLATZGESCHICHTEN

An diesem Abend nehme ich einen Umweg über den Wasserspielplatz, bevor ich zur Arbeit gehe. Im *Herr Bert* war die Hölle los, weil eine große Seniorenreisegruppe mein Lieblingscafé für einen Absacker nach der Stadtbesichtigung auserkoren hat. Mechthild und Herbert hatten alle Hände voll zu tun. Da sogar die Stühle an der Bar besetzt waren, winkte ich den beiden nur kurz zu und entschloss mich dann zu einem Alternativprogramm. Der Kiosk am Wasserspielplatz mit dem niedlichen Namen »Ess-Bar« macht gerade zu. Aber die freundliche Verkäuferin reicht mir noch einen Coffee to go über die Theke, bevor sie endgültig die Maschine abschaltet.

Schade, dass die Senioren ausgerechnet heute das *Herr Bert* gekapert haben. Denn ich habe einige Neuigkeiten im Gepäck, die meine beiden Freunde interessieren werden. Am Sonntagabend hatte ich nämlich eine weitere bizarre Begegnung mit meinem neuen Nachbarn F. Wischmann, den ich insgeheim »Mister Vorschlaghammer« nenne.

Weil die Kinder nach dem aufregenden

Wochenende mit Tessa gleich ins Bett gefallen waren und tief und fest schliefen und mit Rob ja sowieso Funkstille herrscht, hatte ich beschlossen, Carinas Aufgabe anzugehen und den Karton mit meinen Erinnerungsstücken aus dem Keller zu holen.

Ich bin keine »Dinge-Aufheberin«, aber einige Sachen liegen mir am Herzen. Die lagere ich in dem Karton. Ich wollte die Sachen durchgehen und drei Gegenstände heraussuchen, die ich zu meinem nächsten Besuch in die *Lagune der Leichtigkeit* mitnehmen werde. Unser Keller ist gut geordnet, so hatte ich keine Schwierigkeiten, den Karton zu finden.

Als ich das sperrige Stück dann die Treppe heraufschleppte, sah ich F. Wischmann, meinen neuen Nachbarn. Er stand vor seiner Wohnungstür. Statt des Totenkopftuches hatte er diesmal ein braunes Band um seinen kahlen Schädel gebunden. Außerdem trug er eine Leinenkutte in derselben Farbe.

F. Wischmann lächelte mir zu. »Guten Abend! Du bist das Mädel vom Schlaflabor, stimmt's?! Haste ja neulich schon erzählt.«

Ich war perplex, nickte nur und sagte erst einmal gar nichts. Das schien ihn nicht weiter zu wundern, wahrscheinlich gruppierte er mich einfach in die Schublade »wortkarge Typen« ein. Er schulterte seinen Vorschlaghammer, der an der Tür lehnte, hob die andere Hand kurz zum Abschiedsgruß und ging die Treppe hinunter auf die Straße.

Ich nippe an meinem Kaffee. Es geht mich ja nichts an. Aber komisch ist es schon, wenn ein bulliger Mann in brauner Leinenkutte am Sonntagabend um neun mit einem Vorschlaghammer in der Stadt herumläuft. Oder? Naja. Von Mord oder Einbrüchen stand am nächsten Tag zumindest nichts in der Zeitung.

Der Wasserspielplatz liegt ruhig in der Abendsonne und erweckt den Eindruck, als sei die ganze

Welt ein friedlicher Ort. Ein Vater spielt mit seinem kleinen Jungen im Sandkasten. Ein paar Jugendliche haben es sich auf dem Klettergerüst bequem gemacht. Ich suche mir eine Bank, starre auf die leeren Spielgeräte und denke an dich, Maura. Wir beide waren früher oft mit den Kindern hier. Einmal saßen wir genau auf dieser Bank, auf der ich jetzt sitze und Kaffee trinke, und haben uns gestritten, dass die Fetzen flogen. Ich hatte dir freudestrahlend erzählt, meine tierverrückte Mutter sei einem Verein beigetreten, der rumänische Straßenhunde vor bösen Menschen rettet. Du bist total ausgeflippt.

»Klaro, das ist ja mal wieder klaro, was du da denkst. Wir Rumänen sind alle böse, wir sind Hundemörder. Ja, weißt du was: Bei uns gibt's Hunde sogar zum Mittagessen. Jeden Sonntag. Kannst du gerne vorbeikommen und auch was davon essen! Und vorher gehen wir ins Tierheim zum Jagen!«

Ich hätte mich angesichts meiner unbedachten Erzählung ohrfeigen können. Ich hatte den Verein meiner Mutter gar nicht in Verbindung zu deiner Heimat gesehen. Klar trifft dich das, ich hätte es mir denken können. Das muss in deinen Ohren ziemlich behämmert klingen, wenn ich von tollen deutschen Hunderettern und rumänischen Tierquälern erzähle. Aber das sagte ich dir nicht.

Stattdessen zettelte ich eine Diskussion an. »Du, das hab' ich nicht so gemeint. Ich denke überhaupt nicht, alle Rumänen seien Hundemörder. Es gibt dort auch Hunderetter. Und es gibt in Deutschland Hundequäler. Es gibt gute und böse Menschen in jedem Land.«

Ich redete mich um Kopf und Kragen und du, Maura, hattest kein Erbarmen mit mir. »Weißt du was. Du bist wie alle hier. Jeder denkt bei dem Wort Rumänien nur an diese Hunde. Dabei wisst ihr gar nicht, wie es ist in meinem Land. Es interessiert euch nicht!«

Ich schüttelte den Kopf. »Das stimmt nicht Maura.

Mich interessiert sehr wohl, wie es in deinem Land ist. Ich würde sogar supergerne mal hinfahren. Ich finde sogar, du erzählst mir viel zu wenig darüber.«

Du schwiegst eine Weile verstockt, ich bedauerte, so wenig über deine Heimat zu wissen. Dann lächeltest du plötzlich, wechseltest das Thema und schienst von einer Minute auf die andere wie ausgewechselt. Du erzähltest von deinem neuen Job im Museum, der dir großen Spaß macht. Du betreust dort Kultur-Projekte für Kinder und Jugendliche aus verschiedenen Nationen. Deine offene, lockere Art kommt gut an.

»Weißt du was, die brauchen mich da. Ich bin dort richtig gut«, riefst du. Ich freute mich für dich.

Du hattest so lange nach einem Job gesucht und nun etwas gefunden, das so gut zu dir passt. Zwar ist der Vertrag zunächst auf ein Jahr beschränkt, aber er hat gute Chancen auf eine Verlängerung.

»Das wird schon werden, die brauchen dieses Projekt wirklich«, riefst du zuversichtlich. Wir lachten und dachten schon längst nicht mehr an den Streit über die Hunde. Dann musste ich mal wieder zur Toilette sprinten, denn ich war ja im vierten Monat mit Antonin schwanger und der Kleine drückte mir auf die Blase.

»Also ich hatte bei Heinrich diese Probleme nicht, vielleicht bist du da etwas empfindlich«, sagtest du, als ich wiederkam. Ich streckte dir aus Spaß die Zunge heraus.

»Warten wir mal ab, wie das bei dir werden wird, du willst ja vier Kinder, fehlen ja noch drei«, gab ich zurück.

Du behauptetest grinsend und im Brustton der Überzeugung: »Also, ich finde, es gibt keinen schöneren Zustand als schwanger zu sein. Diese angenehme Schwere und alle nehmen Rücksicht. Da freu' ich mich jetzt schon drauf.«

Hip-Hop-Rhythmen schwemmen meine Gedanken

beiseite. Die Jugendlichen auf dem Klettergerüst haben die Musik aufgedreht und ich zucke beim Blick auf die Uhr zusammen. Ich muss mich beeilen, wenn ich noch pünktlich im Schlaflabor ankommen möchte.

Tatsächlich schaffe ich es, Punkt 20 Uhr da zu sein. Gemeinsam mit einem älteren Ehepaar schlüpfe ich durch die Tür. Es handelt sich um Frau und Herrn Knuse, wie ich einige Minuten später erfahre. Sie bringt ihren Mann zur Überwachung vorbei. Er ist stark übergewichtig und hat nachts Atemaussetzer, was beiden Angst macht. Für uns ist dieser Fall eher ein Klassiker. Meine Kollegin Karla kümmert sich zunächst um die beiden und nach der Sitzung erkläre ich Herrn Knuse den Ablauf der Nacht und die Geräte. Der freundliche Senior ist skeptisch. Verkabelt zu werden, ist nicht sein Ding.

»In der Regel schlafen die Menschen trotzdem sehr gut bei uns«, muntere ich ihn auf. »Außerdem haben Sie einen Notrufschalter und können mich jederzeit anklingeln, wenn Sie etwas brauchen.«

Er lächelt. »Wenn Sie dann mal nicht Ihren Schönheitsschlaf machen, vielleicht hören Sie mich gar nicht«, befürchtet er. Ich versichere ihm, dass ich in all den Jahren, in denen ich diesen Job mache, noch niemals eingeschlafen bin.

Meinen anderen Patienten kenne ich schon. Es ist Niklas Heimer, der gut aussehende Mann von vergangener Woche. Er ist zum zweiten Mal hier. Er lacht, als er mich sieht.

»Jetzt verbringen wir schon die zweite Nacht miteinander«, sagt er trocken. Ich muss grinsen, obwohl ich normalerweise nicht auf platte Scherze stehe. Aber dieser Mann bringt das immer so rüber, dass ich ihm nicht böse sein kann. Ich nicke und weise auch ihn noch einmal auf den Notrufschalter hin.

»Wahrscheinlich wirst du von mir gar nichts

hören, ich hab hier das letzte Mal so gut geschlafen wie ein Baby«, sagt er.

Die Nacht hat einen gleichmäßigen Sound. Sie klingt wie »Travel« von *bandaloop*. Ich sitze vor den Bildschirmen, bewache den Schlaf der Patienten und erkläre unserem ehrgeizigen Praktikanten Patrick, was es mit den Werten auf sich hat. Einmal ruft mich Herr Knuse, den ich abkabele, weil er auf die Toilette muss. Der Rest der Nacht verläuft still und friedlich. In meiner Kaffeepause gehe ich auf die Terrasse unserer Station. Der kühle Nachtwind streift meine Haut. Der Himmel steht voller Sterne. Ich denke an Charlie und Antonin, die gerade friedlich in ihren Betten liegen, an Rob, an Maura, an Carina Blue – und an die drei Dinge, die die freien Momente meines Lebens repräsentieren sollen.

Es gab so viele Sachen in meinem Pappkarton, die Wahl fiel mir nicht leicht. Ich habe mich für ein silbernes Armband entschieden, eine leere Plastikflasche und einen bunten Eimer aus meiner Kindheit.

Ich weiß zwar nicht, was Carina damit vorhat, doch es wird höchste Zeit, Ordnung in mein Lebenschaos zu bringen. Ich werde alles dafür tun. Komisch, wie man den Blick für sich selbst verlieren kann. Irgendwann hatte ich einfach aufgehört, mir Gedanken über mein Leben zu machen. Robs Affäre hat mich wach gerüttelt. Meine äußere Ordnung war in Wahrheit nur eine glänzende Oberfläche. Darunter hatte sich längst Chaos ausgebreitet.

Die Fragen fahren in meinem Kopf Achterbahn. Wie bekomme ich das alles wieder in den Griff? Was hat Carina Blue mit mir vor? Ist es leichtsinnig, ihr zu vertrauen? Wird sie mir doch noch das Geld aus der Tasche ziehen, mich in eine dubiose, esoterische Gemeinschaft locken oder will sie wirklich das Beste für mich, wie sie behauptet? Wie soll es mit unserer Familie weitergehen? Ich kann nicht ewig mit Rob in dieser

Wohnung leben und vor den Kindern so tun, als sei alles in Ordnung. Ich schlüpfe durch die angelehnte Terrassentür zurück auf den Gang.

Fröstelnd setze ich mich wieder an meinen Rechner und Patrick legt mir fürsorglich eine mausgraue Fleecedecke um die Schultern. »Die Pause ist nicht dazu gedacht, sich Erfrierungen zuzuziehen«, sagt er grinsend.

Um halb fünf kommt Nini, meine Ablöse. Leise gehe ich mit ihr die Nacht durch. Bald werden die Patienten geweckt. Sie können nach Hause gehen, nachdem sie einen Termin für ein Auswertungsgespräch erhalten haben.

Ich bin verwirrt. Ich stehe neben mir. Und nur deswegen passiert einige Zeit später das, was passiert. Aber vielleicht sollte ich das gar nicht entschuldigen.

Ich stehe in der Umkleide und tausche meine weiße Arbeitsuniform gegen meine Alltagskleidung aus. Die Tür öffnet sich einen Spalt und der hübsche Niklas Heimer, steht plötzlich vor mir.

»Ich habe Feierabend, wenn du noch Fragen hast, dann können sie dir an der Rezeption weiterhelfen«, sage ich.

Ich bin stolz, weil ich so einen gelassenen Tonfall hinbekommen habe, obwohl ich gerade nur halb bekleidet vor ihm stehe, meine Bluse in den Händen. Niklas zieht die Tür hinter sich zu. Wir wissen beide, dass er nicht hier ist, um etwas über seine Tiefschlafwerte zu erfahren. Er lächelt.

»Ich habe dich hier verschwinden sehen und bin hinterher, denn ich dachte …«

Ich lasse die Bluse fallen, gehe einen Schritt auf ihn zu und lege ihm mit der einen Hand zwei Finger auf die Lippen. »Schsch.«

Er lächelt. Er sieht wirklich verdammt gut aus mit diesen wundervollen blaugrauen Augen und dem wuscheligen blonden Haar. Er hat ein Männergesicht, das Erfahrung und Lebensfreude ausstrahlt, und gleichzeitig dieses unbeschwerte Jungsgrinsen. Trotz seines starken, durchtrainierten Körpers wirkt er nicht bullig, sondern schlank und hochgewachsen. Er ist einer von der seltenen Sorte Mann, der Sanftheit und Männlichkeit gleichermaßen ausstrahlt. Jetzt streckt er einen Arm nach hinten und schließt leise die Tür ab.

Er riecht gut. Er steht so dicht bei mir, dass ich seinen Atem spüre, der mich an meinem Hals kitzelt. »Du dachtest?«, knüpfe ich an seinen Satz an. Er lächelt und zieht sich sein dunkelgrünes Shirt über den Kopf.

»Ich dachte, ich könnte dir hier behilflich sein«, sagt er.

Ich lasse zu, dass er mich berührt und mein Gesicht mit Küssen bedeckt. Ich schiebe meine Gedanken beiseite und lasse mich einfach fallen.

Die Garderobe liegt glücklicherweise am Ende des Ganges. So gelingt es uns einige Zeit später, unbemerkt und nacheinander das Gebäude zu verlassen.

In einem seltsam schwebenden Zustand passiere ich die morgendlichen Straßen. Auf den Rasenflächen glitzert der Raureif und die Sonnenstrahlen, die sich zaghaft zwischen den Wolken hervorschieben, geben das Versprechen auf einen goldenen Herbsttag. Ich denke an Niklas, seine Küsse, seinen schönen Körper. Ich kenne ihn kaum, schnelle Nummern interessieren sich mich normalerweise nicht. Aber das eben war einfach: »Mmmmmmmhh«.

Ich seufze zufrieden, ein wohliger Schauer läuft mir über den Rücken. Beschwingt setze ich die Schritte. Moralische Überlegungen schiebe ich beiseite, ist mir gerade egal. Immerhin hat sich eben ein äußerst attraktiver Mann für mich interessiert, pardon: Mit mir geschlafen. So schlecht scheint mein Marktwert nicht zu sein. Albernerweise tröstet mich dieser Gedanke.

Kurz vor unserem Haus kommt mir mein Nachbar

F. Wischmann entgegen, diesmal ohne Vorschlaghammer, ganz normal in Jeans und Hemd. Das Piratentuch sieht bei diesem Look nicht mehr ganz so abgedreht aus, nur noch leicht verrückt. Er winkt mir zu. Ich winke wild zurück, weil ich aufgekratzt bin und mich zum ersten Mal seit Tagen nicht komplett niedergeschlagen fühle.

Wie mir im Hausflur auffällt, hat F. Wischmann vergessen, seine Wohnungstür zu schließen. Sie steht einen Spaltbreit offen. Das Haus liegt um diese Zeit noch im Tiefschlaf. Von Übermut gepackt, höre ich ohne zu zögern auf meine innere Stimme, die flüstert: »Das ist die Gelegenheit, alle schlafen, der Wischmann ist schon weg. Geh' rein und lüfte das Geheimnis mit dem Vorschlaghammer.« Den mahnenden Engel habe ich schon seit dem Erlebnis mit Niklas in der Garderobe von meiner Schulter geschubst. Aufgrund von Gehirnerschütterung meldet er sich nicht mehr.

Ich inspiziere F. Wischmanns halb offene Wohnungstür. Ja! Einen besseren Moment als diesen gibt es nicht. Die Abenteuerlust hat mich gepackt. »Detektivin Seraphine begibt sich auf Mission Vorschlaghammer«, flüstere ich.

Auf leisen Sohlen schleiche ich mich in die Wohnung. Der Flur wirkt enttäuschend. F. Wischmann ist das Gegenteil von Dekokönig. Er hält offenbar nicht viel von heimeliger Atmosphäre. Bis auf eine Kommode ist alles kahl. Auch die Küche ist spartanisch eingerichtet. Zwei Stühle, ein Tisch, ein Kühlschrank, ein Herd, Spüle und Küchenzeile. Keine Bilder, keine Unordnung, keine überflüssigen Saftpressen oder Ähnliches – und vom Vorschlaghammer fehlt auch jede Spur.

Aber so schnell gebe ich nicht auf. Schließlich bin ich Detektivin Seraphine. Es gibt nur noch ein Zimmer. Das ist mit einer braunen Schlafcouch ausgestattet. Ich bin erstaunt, wie ordentlich F. Wischmann sein Bettzeug gefaltet und am Fußende der Couch deponiert hat. Amüsanterweise trägt er nachts dunkelblaue Boxershorts mit kleinen weißen Snoopys drauf. Die CD-Sammlung im Regal nehme ich genauer unter die Lupe: AC/DC, Motörhead und – Peter Maffay. So ähnlich hatte ich mir das vorgestellt.

Plötzlich schlägt die Wohnungstür zu, ich höre Schritte, zucke zusammen. Vor Schreck lasse ich eine Maffay-CD fallen. Hektisch schaue ich mich nach einem Versteck um. Aber hier gibt es weder lange Vorhänge, noch einen Kleiderschrank. Höchstens hinter der Tür wäre Platz. Ich mache einen unbeholfenen Schritt. Zu spät! F. Wischmann steht im Zimmer.

»Ahhhhhhh!« Ich kreische vor Schreck über diesen Anblick. Der Mann trägt immer noch sein schwarzes Piratenkopftuch mit den Totenköpfen, dazu eine schwarze Lederjacke mit Nieten. In der Hand hält er eine Sense. Oh mein Gott! Gevatter Tod persönlich!

»Ahhhh!« Jetzt schreit er auch. Dann starren wir uns an.

»Bist du verrückt! Warum hast du eine Sense dabei?! Willst du mich umbringen?!«, kreische ich.

Er guckt sehr erstaunt, ruft dann halb wütend: »Ich glaub', du bist wahnsinnig, Mädchen! Du bist in meine Wohnung eingebrochen! Geht dich gar nichts an mit meiner Sense!«

Seine Worte machen mich betreten. Stimmt, ich bin die Blöde. Ich hatte mir eingebildet, Detektivin Seraphine spielen zu müssen. Das ist Hausfriedensbruch. F. Wischmann könnte die Polizei rufen, wenn er wollte. Tut er aber nicht.

»Tschuldigung«, sage ich zerknirscht. »Ich wollte nur mal sehen, wo dein Vorschlaghammer ist.« Da lacht der Pirat laut und dröhnend los. »Mein Vorschlaghammer, das glaub' ich jetzt nicht! Der ist toll, was? Hat er dir gefallen? Mein Vorschlaghammer, hohohohoho!«

Ich gucke skeptisch auf die bebende Sense, die er immer noch in der Hand hält. Irgendwann beruhigt er sich, streckt mir die Hand entgegen und stellt sich vor. »Fred Wischmann übrigens.«

Fred also. Er spricht das aus wie das englische Fräd nicht wie den deutschen Fred. In Kombination zu seinem Nachnamen klingt das irgendwie nur so halbcool.

»Seraphine Wollner«, sage ich.

Dann macht Fred uns einen Kaffee in seiner kahlen Küche. Er erzählt mir, er baue mit seinem Bruder gerade ein historisches Freilichtmuseum auf. Dazu haben sie ein altes Bahngelände gekauft. Den Vorschlaghammer benötigte Fred, weil sie derzeit einige alte Mauern einreißen müssen und er den Handwerkern hilft. Außerdem macht er, verkleidet als »Bruder Alfredo«, Führungen über das Gelände.

»Vor allem unsere Shows spätabends sind beliebt. Da rennen uns die Menschen die Bude ein«, erzählt er strahlend. So erklärt sich auch sein komischer Mönchsaufzug, indem ich ihn neulich angetroffen habe. Ich atme innerlich auf.

»Den Vorschlaghammer habe ich an dem Abend mitgenommen, weil die Jungs am nächsten Morgen gleich mit dem Abriss der Mauer loslegen wollten«, erzählt er. Demnächst soll es auch noch Live-Events zum Thema Landwirtschaft geben. »Dafür die Sense«, sagt Fred. Das klingt wirklich interessant.

»Da kann man sich in die guten alten Zeiten zurückträumen, als die Menschen noch einen Bezug zur Natur hatten und richtig was mit den Händen machen konnten«, sage ich.

Fred seufzt. »Mädchen, viele Menschen stellen sich das so romantisch vor. Aber die Zeiten damals waren ganz schön hart. Da ging's nicht um idyllisches Wollespinnen, sondern ums Überleben. Wir haben heutzutage Luxus pur. Aber wir wissen das oft gar nicht zu schätzen.«

Er bietet mir an, mir und meiner Familie eine Exklusivführung über das Gelände zu geben. »Sag einfach Bescheid, wann ihr Lust habt, dann kriegen wir das hin.«

Fred Wischmann ist supernett. Über meinen Wohnungseinbruch verliert er kein Wort mehr.

CARINAS MUTMACH-NEWSLETTER

Betreff: Seraphine: Dieses Wohlfühlspiel tut nicht nur dir gut, sondern auch deinen Mitmenschen

Liebe Freunde, liebe Seraphine,
herzliche Grüße aus der *Lagune der Leichtigkeit*. In letzter Zeit fällt es mir verstärkt auf: Zwar herrscht draußen goldener Sonnenschein, trotzdem sehe ich oft müde, missmutige und gestresste Gesichter, wenn ich durch die Straßen laufe. Das hat mich inspiriert, ein kleines Experiment durchzuführen.

Nach dem Motto »jeden Tag eine gute Tat«, habe ich meine eigene »Woche des Lächelns« geschaffen. Und diese geht so: Denke dir eine Woche lang jeden Tag jeweils eine nette Sache für einen Menschen deiner Wahl aus. Das können Freunde und Familienmitglieder sein, aber auch fremde Menschen, die dir etwa beim Einkaufen begegnen.

Erlaubt ist alles Schöne, alles Überraschende und alles, was von Herzen kommt. Mach' beispielsweise Komplimente, greife dem anderen unter die Arme, wenn er Hilfe braucht, oder überlege dir kleine Geschenke. Du kannst auch anonym Freude verbreiten. Beispielsweise, indem du beim Fahrkartenkauf eine Karte mehr nimmst und sie im Automaten liegen lässt. Oder indem du einige kleine Münzen in einem unbeachteten Moment auf den Gehweg fallen lässt. Das kostet dich nicht viel, aber die Finder werden sich über ihr Glück an diesem Tag freuen.

Beobachte dich in dieser Woche genau: Wie fühlst du dich? Wie nimmst du deine Umwelt wahr?

Wenn du magst, kannst du mir deine Erlebnisse mailen oder auf meiner Website posten.

Ich freue mich und wünsche dir sonnige Tage!
Deine Carina Blue

TRAUMPAAR

»Das find' ich jetzt nicht gut«, sagt Herbert, »so aus Rache.« Ich unterbreche ihn unwirsch.

»Das war doch nicht aus Rache. Das ist einfach so passiert. Niklas ist wirklich unheimlich toll, er ist lieb, er lächelt so bezaubernd und hat so süße Augen. Es ist ein Wunder, dass er sich für mich interessiert. Ich habe eben einfach mal losgelassen, die Kontrolle abgegeben.«

Mechthild unterstützt mich und echot: »Sie hat eben einfach mal losgelassen. Das hat doch mit Rache nichts zu tun. Ich meine, es war doch Rob, der Scheiße gebaut hat.« In meine Richtung gewandt sagt sie: »Stell' dein Licht mal nicht so unter den Scheffel. Du bist wirklich eine ganz Hübsche mit diesen tollen roten Locken.«

Herbert zeigt sich über die Gelassenheit seiner Frau entsetzt. Ungewohnt heftig fährt er sie an: »Ach! Rob hat Mist gebaut, beichtet ihr das und trotzdem ist es okay, wenn sie sich dem Nächstbesten an den Hals wirft? Würdest du das auch machen, wenn ich mich blöd benehme?«

Ich verschlucke mich vor Schreck am Tee und

bekomme einen Hustenanfall. Deswegen kann ich Herbert nicht sagen, dass Niklas natürlich nicht der Nächstbeste war, sondern ein sehr lieber Mensch mit einer tollen Ausstrahlung. Er machte es mir leicht, mich auf ihn einzulassen. Aber das würde Herbert wahrscheinlich sowieso nicht gelten lassen. Mechthild verteidigt sich: »Mensch Herb, das hat doch mit uns gar nichts zu tun. Ich würde das natürlich nicht machen. Seraphine befindet sich gerade in einer Ausnahmesituation, das musst du doch sehen. Das ist doch etwas völlig anderes.«

Ich nicke zur Bestätigung heftig und bin froh als Herbert seiner Frau zulächelt. Das wäre ja noch schöner, wenn sich Mechthild und Herbert in die Haare kriegen würden, weil ich mit Niklas geschlafen habe.

Die »Rushhour« der Kaffeetrinker ist im *Herr Bert* gerade vorbei. Ich sitze mit einem Chai-Latte an der Bar und meine beiden Freunde haben genug Zeit, mit mir zu plaudern. Für Niklas und mich bringt Herbert kein Verständnis auf, über die Sache mit Fred Wischmann und seiner Sense hat er dagegen Tränen gelacht. »Hat er wirklich Boxershorts mit Snoopys? Ich hau' mich weg!«

Ich betrachte meine beiden Freunde liebevoll, wie sie hinter dem Tresen herumwerkeln. Die zarte Mechthild trägt das kurz geschnittene Haar derzeit schwarz statt Hennarot. Herbert hat sich seine ehemals dunkle Frisur blondieren lassen. Die beiden haben nicht nur die Experimentierfreude hinsichtlich ihrer Optik gemeinsam, sondern auch diese sanfte, offene Ausstrahlung. Zudem pflegen sie einen perfekten Umgangston miteinander. Im größten Stress bleiben sie gelassen.

»Seraphine, warum starrst du uns so komisch an?«, fragt Herbert.

Ich seufze. »Weil ihr so süß seid. Weil ihr das

perfekte Paar seid.«

Er verdreht theatralisch die Augen. Mechthild, die gerade das Crêpe-Eisen mit einem Lappen reinigt, lächelt.

»Ich bin mir sicher, du kriegst das wieder hin, Seraphine. Du musst dir nur mal klar darüber werden, was du möchtest. Und mit wem.«

Herbert guckt, als habe er Zahnschmerzen. »Mit wem, ist doch klar. Du wirst doch jetzt nicht den Vater deiner Kinder zum Teufel jagen!«

Dass seine Frau energisch mit dem Kopf schüttelt, versteht er nicht. »Herb, du denkst zu romantisch. Nur weil sie mit Rob zwei Kinder hat, muss das nicht auf ewig die große Liebe sein.«

Ich fühle mich komisch. Ich habe keine Lust, mich wegen Niklas zu rechtfertigen. Ich spiele mit dem Teelöffel, beobachte mich in dem großen Spiegel, der hinter dem Tresen hängt. Ich sehe blass aus mit dunklen Augenringen und einem traurigen Blick. Die vergangenen Tage haben Spuren hinterlassen.

Ganz plötzlich schiebst du dich wieder in meine Gedanken, Maura. Du verstehst mich.

»He, Sera, lach mal! Dein Mann hat dich betrogen. Jetzt kannst du doch erst recht das Leben genießen. Einen wie Niklas hätte ich in deiner Situation auch nicht weggestoßen. Das wäre dumm gewesen.«

Dann kicherst du und freust dich, weil ich auch mal aus dem Bauch heraus gehandelt habe.

»Wie ist sein Körper? Beschreib mal! Wie war das noch mal genau in dieser Garderobe?«, forderst du mich auf.

Gedanklich boxe ich dir in die Rippen. »Geht dich nix an, war einfach nur: mmmmmhhhh.«

Herbert spült Gläser. Er lächelt mir tröstend zu.

Maura. Letzten Endes habe ich dich verloren und dir nie gesagt, wie wichtig du mir bist. Du bereicherst mein Leben, du strahlst eine Wärme aus, wie sonst kaum einer in unserer sachlich kühlen Gesellschaft. Ich wäre innerlich längst erfroren, wenn ich dich nicht getroffen hätte. Du bist so wohltuend geerdet und ich fühle mich nie richtiger, als in den Momenten, in denen sie du da bist. Du bist es, die mein Leben erst richtig in Schwung bringt. Bringt? Brachte! Es ist ja vorbei, Vergangenheit.

Ja, Maura. Du hattest ein Talent dafür, die einfachsten Momente zum Abenteuer zu machen. Wie an jenem Tag, als du auf dem Sperrmüll die alte Hollywoodschaukel gefunden hast. Wir haben sie zusammen in euren Garten gezerrt und einen halben Nachmittag damit zugebracht, das Gestänge mit dem abgeblätterten grau-weißen Lack zu säubern und die Aufhängung zu ölen. Du hast die Blümchenpolster eures abgewetzten Küchensofas aus dem Haus gezerrt und sie in die Schaukel geworfen. Wir haben es uns gemütlich gemacht.

Die Erinnerungen sind greifbar nah: Die Kinder spielen im Baumhaus, das Thomas gezimmert hat.

»Dein Mann ist ein toller Künstler!«, rufe ich begeistert angesichts des professionell durchdachten Baus mit den massiven Balken, den mit Plexiglas verkleideten kleinen Fenstern und der Tür, deren Schloss Thomas mit einem selbst geschmiedeten, riesigen Schlüssel ausgestattet hat. Sogar eine Rutschbahn nach unten gibt es mittlerweile.

Aber du, Maura, schnaubst unwillig. In mir macht sich dieses leise Gefühl des Bedauerns breit, weil ich weiß, dass eure Beziehung derzeit kriselt. Dich nerven die beruflichen Misserfolge deines Mannes. Du hast das Gefühl, er habe dich in finanzieller Hinsicht schon damals mit Baby-Heinrich hängen lassen.

»Wenn ich keinen Job hätte, dann wäre hier niemand, der Geld hereinbringt«, sagst du oft. Du möchtest noch mehr Kinder haben, du hattest so gehofft,

Thomas würde endlich Auftragsarbeiten annehmen oder dich mehr im Haushalt unterstützen.

»Aber weißt du, Sera, er macht einfach weiter wie immer. Er verschanzt sich mit seinem Schweißgerät in seiner Werkstatt und baut Skulpturen, die keiner kauft. Kind und Job bleiben an mir hängen«, schimpfst du jetzt.

»Ich finde das Baumhaus klasse. Vielleicht könnte er sich auf kreative Spielgeräte spezialisieren«, sage ich diplomatisch.

Doch du schüttelst den Kopf. »Er würde alles nach seinen eigenen Vorstellungen bauen wollen und nicht auf die Wünsche seiner Kunden eingehen. Das ist doch immer das gleiche Problem.«

Ich möchte trösten. »Aber du bist doch erfolgreich. In deinem Berufsleben geht es ja gerade steil bergauf.«

Der Gedanke an das interaktive Kindermuseum stimmt dich schlagartig froh. »Ich kann richtig gut vermitteln. Wir machen Aktionen für junge Menschen aus vielen Nationen und aus unterschiedlichen sozialen Schichten. Da gibt's auch öfter mal Zoff, wie neulich zwischen Saed und Friedi. Die beiden hatten sich total in der Wolle. Aber dann ist mir zu Glück so ein tolles Musikprojekt eingefallen, da waren beide Feuer und Flamme und arbeiten jetzt sogar zusammen daran.« Du erzählst begeistert und das Glück tanzt über dein Gesicht.

Ich glaube dir aufs Wort, wenn du von diesen Erfolgen erzählst. Dieser Job verbindet deine Stärken. Du hast einen Uniabschluss für Museologie in der Tasche. Mit Menschen gehst du sowieso unheimlich gut um.

Du trägst dein Herz auf Händen spazieren. Und es ist groß und grenzenlos und schließt jeden ein. Ich weiß, du schickst einen Teil deines Gehalts zu deiner

Großfamilie nach Hause, um sie zu unterstützen.

»Ich habe eine Superidee«, rufst du plötzlich. Kraftvoll springst du aus der Hollywoodschaukel, die bunten Küchenpolster fallen auf den Rasen. Dort bleiben sie wie riesige Bonbons in rotblau getupfter Verpackung liegen.

»Hilf mir!«, befiehlst du.

Ich lasse die Riesen-Bonbons, wo sie sind, und eile zu dir. Du bist gerade im Begriff, das mit Wasser gefüllte Kinderplanschbecken Richtung Rutsche zu ziehen. Angesichts meines Babybauches (ich bin im fünften Monat mit Antonin schwanger) und der Befürchtung, das Planschbecken würde diese Prozedur wahrscheinlich nicht unbeschadet überstehen, bestimme ich: »Umkippen!«

Maura, du und ich, wir zerren gemeinsam eine Seite nach oben.

»Yeahhh!«, rufe ich, als das sonnengewärmte Wasser über meine Füße rinnt und im Gras versickert. Das leere Planschbecken lässt sich jetzt leicht zur Rutsche transportieren. Ich hole den Gartenschlauch und sehe den Kindern kurze Zeit später begeistert zu, wie sie johlend und vor Vergnügen kreischend in den kleinen Pool rutschen.

Du sitzt schon wieder auf der Hollywoodschaukel, mampfst zufrieden ein Stück Kuchen.

»Das ist schon das dritte Stück innerhalb der vergangenen zwei Stunden, pass auf, bald hast du auch so einen Bauch wie ich, mahne ich scherzhaft.

»Ich habe eben Hunger!«, verteidigst du dich grinsend. Dann sagst du nachdenklich. »Aber stimmt schon. Ich habe wirklich seit Tagen fürchterlichen Hunger. Ich habe sogar Fleisch gekauft. Darauf habe normalerweise gar keinen Appetit.«

Maura, irgendetwas irritiert mich daran, wie du das sagst. Aber nur eine flüchtige Sekunde. Dann lächele ich. »Schwanger vielleicht?«

Die Aussage steht im Raum und soll ein weiterer Scherz sein, schließlich bist du es, die das Thema normalerweise anschneidet, weil du von einem ganzen Stall voller Kinder träumst. Aber diesmal schweigst du. Du siehst mich gar nicht an, sondern starrst in den Himmel.

»Engelein, ich möchte dich nicht auf deiner Wolke beim Träumen stören, aber, wenn du jetzt nicht losgehst, kommst du zu spät zur Arbeit!« Herberts liebenswürdiger Tonfall holt mich zurück in die Gegenwart.

Ich krame in meinem Geldbeutel, aber er winkt ab.

Mechthild ruft: »Lass stecken, Chai Latte gehört heute zufällig zu unserer hauseigenen, kostenlosen Trostpflasterkollektion.«

Ich werfe ihr einen dankbaren Blick zu. Die beiden sind wirklich lieb. Sie versuchen alles, damit ich mich wieder fange.

Auf dem Weg zur Arbeit schlage ich mich gedanklich mit einer weiteren ungelösten Sache herum. Gestern hatte der Bote eines Blumenladens einen, imposanten Strauß für mich im Schlaflabor abgegeben.

»Blumen für meinen Engel, weil die Glückssterne gerade ausverkauft waren«, stand in geschwungener Zierschrift auf der Karte.

Die Kollegen hatten gegrinst. Nachdem mir dummerweise herausgerutscht war, mein Mann hielte nichts von Blumensträußen, nach zehn Jahren Ehe würde er bestimmt nicht mehr anfangen, mir welche zu schenken, begannen sie zu rätseln, wer mein unbekannter Verehrer sein könnte.

Den Kollegen habe ich von meinen Eheproblemen nichts erzählt. So ist es für sie einfach ein Spaß, über einen anonymen Verehrer zu spekulieren. Mich beunruhigt das Geschenk. Der Zeitpunkt kann natürlich Zufall sein. Doch falls Niklas der Absender ist, würde das bedeuten, er erhofft sich mehr, als diese eine kurze Nummer. Aber will ich das überhaupt? Möchte ich derzeit in die Lebenspläne eines anderen Menschen einbezogen werden? Und wenn nicht Niklas der Absender ist, wer ist es dann? Ich seufze tief.

LEBENSGESCHICHTEN

»Liebe ist eine Erfahrung der Unendlichkeit« steht diesmal auf dem handgeschriebenen Zettel an Carinas Spiegel. Ich stehe in der Garderobe in der *Lagune der Leichtigkeit* und frage mich, ob ich anklopfen oder warten soll. Die Tür zum Entspannungszimmer ist geschlossen, ein paar ruderbootgroße, lehmverkrustete Schuhe stehen im Regal. Außerdem schläft in der Ecke ein dunkler Mischlingshund, der nur einmal kurz sein rechtes Auge geöffnet hat, als ich zur Tür hereinkam. Dann schlummerte er gemütlich weiter.

Ich möchte klopfen, da öffnet sich schwungvoll die Tür und der Inspektor-Columbo-Mann von neulich tritt heraus. Seinen Knittermantel scheint er nie abzulegen. Er nickt mir freundlich zu. Glücklicherweise bemerkt er nicht, wie erschrocken ich bin. Denn Columbo ist diesmal geschminkt wie ein Clown. Ja wirklich, er hat sich einen riesigen roten Clownmund angemalt und seine Augen weiß umrandet. Auf der rechten Seite ist die Schminke etwas verwischt, was dem Ganzen einen besonders bizarren Ausdruck verleiht. Während ich noch starre, erscheint Carina Blue auf der

Bildfläche.

»Tschau Benno!«, verabschiedet sie den Mann freundlich. Sie tut so, als sei es normal, im Clownslook mit Knittermantel herumzulaufen. Sie sagt auch nichts, als Columbo-Benno sich mit schwungvollen Bewegungen seine Riesentreter überstreift und dabei Dreckklumpen in der ganzen Garderobe verteilt. Er wirft uns einen Abschiedsgruß zu, schnappt sich die Hundeleine und der schwarze Mischling steht geduldig auf und folgt ihm nach draußen.

»Mein Bruder und seine Hündin Bibi«, informiert mich Carina Blue und holt dann Besen und Schaufel, um den Dreck aufzukehren.

»Ihr Bruder! Natürlich, das passt ja. Alle wahnsinnig«, denke ich und blicke auf Carinas riesigen Hintern, der sich vor mir hebt und senkt, während sie den Dreck aufkehrt. Diesmal trägt sie ein violettes Leinenträgerkleid, die Beine stecken in einer lila-weißen Ringelstrumpfhose. Sie könnte mit dem Clown wirklich als Paar auftreten.

»Macht er auch Entspannungssitzungen bei dir?«, frage ich.

Carina erhebt sich schnaufend. »Nein. Ich kenne niemanden, der so tiefenentspannt ist wie Benno. Ich passe manchmal auf Bibi auf, während er arbeitet. Glücklicherweise hat er hier in der Stadt jetzt etwas Neues gefunden. Vorher musste er täglich 40 Kilometer pendeln. Er ist übrigens Krankenhausclown.«

Ich bin erleichtert. Dann hat die komische Optik also einen Hintergrund, der erklärbar ist.

»Tee?«, fragt Carina wenige Minuten später in ihrem Entspannungsraum. Sie hält mir eine dampfende Tasse unter die Nase.

»Danke, dass ich noch mal kommen durfte«, sage ich. Das ist wirklich nett von ihr. Sie hat im Grunde nicht so viel davon, mir mehrere Gratissitzungen zu geben, neue Methode hin oder her. Sie kennt mich kaum. Es rührt mich, dass sie mir helfen möchte.

Wir schweigen eine Weile, ich lausche den sphärischen Klängen, die diesmal statt des Vogelzwitscherns zu hören sind.

»Wie geht es dir, Seraphine?«, fragt Carina Blue.

Ich zucke mit den Schultern. Eigentlich hatte ich mir überlegt, ihr von der Geschichte mit Niklas zu erzählen, aber hier in diesem Raum kommt mir die ganze Sache plötzlich lächerlich vor.

»Was hast du mitgebracht?«, fragt Carina neugierig.

Ich wühle in meinem großen Rucksack und befördere meine Schätze ans Tageslicht: Ein kleiner Plastikeimer für Kinder, eine leere Trinkflasche, ein silbernes Armband, das habe ich ...«

»Warte!«, unterbricht sie mich und springt schnaufend zu ihrem CD-Player, einem altmodischen, grauen Plastikteil Marke »No-Name«. Carina stoppt die CD und holt aus einer lila Hülle eine weitere Scheibe hervor. Als sie sie einlegt, ertönen statt sphärischer Klänge andere sphärische Klänge. »Herzfrequenz 396, das löst Blockaden. Vorher hatte ich 639 eingelegt, um die Lösung deines Partnerschaftsproblems etwas zu unterstützen«, erwidert Carina auf meinen fragenden Blick hin. Ihre Erklärung macht mich fassungslos.

»Du glaubst doch nicht wirklich daran, dass mich diese Schwingungen heilen und dass es einen Unterschied zwischen dem Gebimmel jetzt und dem von vorhin gibt?«, frage ich.

»Du glaubst doch nicht wirklich daran, dass das, was du derzeit vom Leben siehst, alles ist?«, entgegnet Carina und erstickt damit die Diskussion im Keim. »Erzähl mal, welche Geschichten verbergen sich hinter diesen Dingen?«, fragt sie dann.

Ich schweige. Plötzlich habe ich Hemmungen zu

erzählen. Die Dinge sind wirklich sehr persönlich. Sie erinnern mich an ein Leben, das längst vergangen ist.

»Für welche Lebensphase stehen sie denn?«, konkretisiert Carina.

Ich greife ihre Frage dankbar auf. »Der Eimer steht für meine Kindheit, die Wasserflasche für meine Zeit, als ich jung und unbedarft war und viel auf Reisen ging. Das silberne Armband ist von Rob. Kurz, nachdem wir uns kennenlernten, hat er es mir geschenkt. Das war ein ganz besonderer Moment«, sage ich mit leiser Stimme.

Carina lächelt. »Magst du deine Erinnerungen mit mir teilen? Ich würde mich freuen, wenn du mir die Geschichten zu diesen Dingen erzählst.«

Obwohl ihr Tonfall mal wieder ganz schön salbungsvoll klingt, greife ich mir das silberne Armband. »Ich fange damit an. Es ist die Erinnerung an den schönsten Sonnenuntergang der Welt.«

Carina angelt sich aus einer Holzschale einen Stift und schlägt ein kleines ledernes Notizbuch auf. »Keine Sorge, ich schreibe nicht mit, ich muss mir nur hin und wieder ein paar Eckpunkte notieren, die für den weiteren Verlauf des Coachings wichtig sind«, versichert sie. Sie fragt nach: »An welchen Ort führst du mich und wer sind die Hauptpersonen?«

Ich hole tief Luft. Das Spiel gefällt mir.

»Meine Erinnerung führt uns in eine Kleinstadt, in der sich Fuchs und Hase Gute Nacht sagen. Die Hauptpersonen sind Rob und ich.«

»Worum geht es?«, fragt sie.

Ich grinse. »Um die Suche nach dem Sonnenuntergang.«

»Na dann los«, befiehlt Carina.

DIE SUCHE NACH DEM SONNENUNTERGANG

Ich atme tief durch und beginne. »Das Krankenhaus, in dem ich im ersten Jahr meiner Ausbildung arbeitete, lag wie gesagt, in einer Kleinstadt mitten zwischen Feldern und Wiesen. Stell dir ein Zentrum vor, das von einem riesigen Einkaufszentrum mit Billigladenketten und einem großen Kino dominiert wird.«

»Grässlich«, findet Carina.

»Trostlos«, bestätige ich. »Das einzig Nette war der kleine Dorfteich mit den Wasserfontänen, um den sich ein paar hübsche alte Gebäude gruppierten, darunter ein Heimatmuseum und eine Pizzeria mit Eisdiele.«

»Treffpunkt für die Dorfjugend, lass mich raten«, sagt Carina.

»Treffpunkt für alle«, entgegne ich. »Es war quasi der einzige Ort, an den man nach Feierabend gehen konnte, wenn man unter Menschen kommen wollte. Es gab da eine idyllische Terrasse mit Ausblick auf den Teich.«

Carina fängt angesichts meiner Beschreibung tatsächlich an, zu lachen. »Nicht gerade aufregend für einen jungen Menschen«, findet sie.

Das stimmt, ich hatte mich damals zunächst tödlich gelangweilt. »Ich wusste allerdings, dass ich dort nur ein Jahr sein werde und dann meine Ausbildung an einem anderen Ort fortsetzen würde. Das hat die öde Stimmung erträglicher gemacht. Und dann habe ich ja auch noch Rob kennengelernt.«

»Der kommt wohl von da?«, möchte sie wissen.

Ich schüttle den Kopf. »Er machte gerade ein Praktikum bei einem Solarunternehmen und saß eines Abends wie ich vor seinem Eisbecher am Dorfteich.«

»Was hat dir an ihm gefallen?«

Mir wird zugegebenermaßen ein wenig warm ums Herz, als ich ihr Robs markantes männliches Gesicht und seine athletische Statur beschreibe. »Er war nicht im klassischen Sinne schön, aber mir gefiel etwas an seinem Blick und seine interessierte Art wie er die Menschen und die Umgebung um sich herum betrachtete.«

Dann tauche ich ein in meine Erzählung, sehe uns beide vor mir, Rob und mich, als wir noch jung waren, kinderlos und unbedarft. Er saß vor einem riesigen Schoko-Sahne-Eisbecher und rupfte gedankenverloren das Deko-Papierschirmchen auseinander. Als er merkte, dass ich ihn aus dem Augenwinkel beobachtete, sprach er mich an.

»Entschuldige, kennst du dich hier aus? Passiert hier irgendwann mal etwas?«

Ich nickte und deute mit meinem Eislöffel Richtung Dorfteich. »Der Brunnen ist eben ausgegangen.«

Rob grinste, guckte zum Himmel. »Es könnte sogar sein, dass gleich ein bisschen regnet, sehr aufregend.«

Ich setzte eins drauf. »Neulich gab es hier sogar ein Gewitter, das war richtig laut.« Wir lachten beide und beschlossen, uns die Zeit in diesem Nest so angenehm wie möglich zu machen.

»Wie habt ihr das gemacht?«, fragt Carina interessiert.

»Wir fuhren Auto«, sagte ich. Weil Carina so verständnislos guckt, erkläre ich das näher.

»Rob hatte einen alten Peugeot. Wir teilten uns die Benzinkosten und verabredeten uns abends zu Fahrten über Land. Wir setzten uns immer bei Anbruch der Dämmerung ins Auto und erkundeten Wege, die wir nicht kannten. An jeder Weggabelung entschieden wir aus dem Bauch heraus, wo wir abbiegen wollten. Meistens nahmen wir die Strecke, die am abenteuerlichsten wirkte. Einmal standen wir mitten im Wald, es war stockdunkel und wir wussten nicht mehr, wo wir waren. Der Weg hatte hier einfach aufgehört. Ein anderes Mal kamen wir durch ein Dorf, das an einer kilometerweiten Straße entlangführte. Die Häuser waren aufgereiht wie Perlen an einer Schnur. Manchmal fuhren wir auch nur auf den höchsten Hügel der Stadt hielten dort an, Rob öffnete ein Bier, das er mitgebracht hatte, und wir blickten auf die Stadt, die mit ihren vielen Lichtern viel größer wirkte als sie eigentlich war.

‚Seraphine, guck' mal da runter. Das ist wirklich ganz weit weg von daheim. Ich fühle mich hier total fremd‘, sagte Rob einmal nachdenklich.

Wir fühlten uns in dieser Kleinstadt beide nicht wohl und wussten, wir würden bei nächster Gelegenheit umziehen. Trotzdem oder gerade deswegen entstanden diese magischen Momente.«

»Was war mit dem Armband?«, fragt Carina.

Ihre Worte zaubern mir ein unfreiwilliges Lächeln aufs Gesicht. Ich lasse das kleine silberne Kettchen durch meine Finger gleiten und denke an den Abend als Rob mich wieder einmal mit seinem Auto abholte. Wir waren uns immer näher gekommen bei diesen Fahrten, wir hatten stundenlang geredet, gelacht und die Gegend erkundet. Wir spürten schon länger, dass zwischen uns viel mehr war als Freundschaft.

Ich schicke meine Gedanken an diesen Ort, bin wieder die junge Seraphine und öffne dem jungen Rob meine Wohnungstür. Er drängelt gleich los.

»Komm Seraphine, heute müssen wir uns beeilen, ich möchte mit dir an einen Ort fahren, an dem wir einen ganz tollen Sonnenuntergang erleben. Den schönsten, den die Gegend zu bieten hat!«

»Wo finden wir den?«, frage ich und muss lachen, weil Rob mit den Schultern zuckt.

»Keine Ahnung, müssen wir suchen. Dummerweise geht die Sonne bald unter. Wir haben kaum noch Zeit. Also schnall' dich an!«

Er tritt aufs Gas und zwingt seinen armen alten Peugot, alles zu geben. Das Auto heult auf, das Lenkrad vibriert. Ich weiß nicht, warum wir so aufgekratzt sind. Außer Rand und Band rasen wir durch die Stadt, fegen über eine rote Ampel den Hügel hinauf. Keine gute Aussicht hier. Rob wendet und ich protestiere.

»Nein, nicht da lang, da geht es Richtung Wald, da haben wir höchstens einen Blick auf hohe Bäume!«

Aber Rob will, er hört nicht auf mich. »Da muss es was geben, eine Lichtung oder so!«

Er nimmt die Kurven wie ein Formel 1-Fahrer. Doch auch diesmal haben wir kein Glück. Wir landen auf einem Waldparkplatz, der verwaist ist bis auf einen schmutzigen Jeep.

»Mist!«, sagt Rob. Ich kann seine Enttäuschung nicht verstehen, mir macht die Sache Spaß, egal ob mit oder ohne Sonnenuntergang.

»Wir können es ja morgen mal in Ruhe versuchen, die Sonne geht schließlich jeden Tag unter«, sage ich.

Aber Rob will den Sonnenuntergang um jeden Preis. »Ich frage jetzt mal die da«, sagt er. Mit einem Kopfnicken deutet er auf eine Frau mittleren Alters, die mit zwei halbwüchsigen Jungs aus dem Wald kommt und auf den schmutzigen Jeep zusteuert.

Marlene, die Streeworkerin, ist in der Kleinstadt bekannt wie ein bunter Hund. Nicht viele in dieser Gegend tragen Rasta-Frisur, Piercings in Nase und Oberlippe und Tatoos auf den Armen. Die Jugendlichen lieben diese Frau, weil sie unkonventionell und unkompliziert ist. Trotzdem zögere ich.

»Du willst die jetzt fragen, wo die Sonne untergeht?« Aber Rob antwortet gar nicht mehr. Ich kann ihm nur ungläubig folgen, weil er schon ausgestiegen ist und auf Marlene losstürmt.

Auf halber Strecke ruft er ihr entgegen: »Entschuldigung! Wissen Sie, wo es hier einen tollen Sonnenuntergang gibt?«

Die Streetworkerin wundert sich überhaupt nicht über diese Frage. Sie nickt, als hätten wir wissen wollen, wo sich die Abzweigung zum nächsten Dorf befindet.

Sie sieht begeistert aus. »Ich weiß einen ganz tollen Ort. Ich fahre voraus und zeige ihn euch. Aber macht schnell! Wir müssen uns beeilen, es ist ja schon spät!«

Zusammen mit den beiden Jugendlichen setzt sie zum Sprint quer über den Parkplatz an, sie springen in den Jeep, Rob und ich rasen zu unserem Wagen zurück.

Marlene nimmt die Kurven durch den Wald schnell. Wir haben Mühe, ihr mit unserem klapprigen Kleinwagen zu folgen. Ich müsste mich eigentlich fürchten, weil diese rasante Fahrt durch das Gelände gefährlich ist. Aber der Übermut hat mich gepackt. Ich lache und johle, blicke Rob an, der über das ganze Gesicht strahlt.

Marlene lenkt ihren Jeep auf einen Waldweg und passiert eine Schranke, die der Förster hat offen stehen lassen.

»Das ist voll verboten!«, japse ich.

»Das wird super, Seraphine!«, lacht Rob.

Marlene hupt. Sie hat das Fenster heruntergelassen und fuchtelt mit der Hand nach links. Dort tut sich tatsächlich eine Lichtung mit einem grandiosen Ausblick auf. Marlene fährt den Jeep an den Rand des Forstwegs und lässt uns passieren.

Sie streckt den Kopf aus dem Fenster. »Wir haben es geschafft! Viel Spaß ihr beiden!«

Dann fährt sie rückwärts den Waldweg bis zur Straße, winkt noch einmal kurz zum Abschied aus dem Fenster und verschwindet. Rob stellt den Motor ab. Wir steigen aus und setzen uns auf die Wiese.

»Ihr hattet einen romantischen Abend und einen traumhaften Sonnenuntergang«, ergänzt Carina Blue und holt mich in die Gegenwart zurück.

Ich nicke verzückt, denke daran wie Rob und ich uns zum ersten Mal küssten, wie die Sonne den Himmel in dieses kitschige rote Licht tauchte, wie Rob mir den silbernen Armreif anlegte.

»Seraphine, du bist die Frau meines Lebens. Ich möchte immer bei dir sein.«

Carina hält das Taschentuch diesmal schon bereit. Ich schniefe hinein. Ja. Das war einmal. Rob und Seraphine. Seraphine und Rob. Für immer. Und jetzt kaputt. Ich war früher ein Mensch, der Abenteuer liebte. Irgendwann bin ich starr geworden und streng. Wo haben sich meine Träume versteckt?

Langsam lasse ich das silberne Armband durch meine Finger gleiten. Ich habe es seit Jahren nicht mehr getragen. Die Entschuldigung, ich sei keine Schmuckträgerin, sondern eine, die ihre wenigen Schätze im Schmuckkästchen in der Kommodenschublade aufbewahre, lasse ich nicht gelten. Meine Geschichte vom Sonnenuntergang hat mich in eine seltsame Stimmung versetzt, die traurig und sehnsüchtig zugleich ist.

»Ihr wirkt als Paar sehr interessant. Bist du dir sicher, dass ihr keine Chance mehr habt?«, fragt mich Carina.

Sie kommt aus der Küche und mustert mich prüfend. Ich seufze und zucke mit den Schultern. Ich kann meine seltsame Gefühls-Suppe bezüglich Rob und meinem Leben nicht fassen. Da ist alles: Wut, Traurigkeit, Sehnsucht, Ablehnung und Enttäuschung. Meine Gefühle rauschen durcheinander, bilden einen Strudel, der alles durcheinanderwirbelt.

»Ich hätte mir auch so einen Traumfänger basteln sollen, dann wären mir meine Träume vielleicht nicht einfach auf und davon geflogen«, sage ich und deute mit dem Kopf Richtung Küchentür zu dem runden Weidengeflecht mit den bunten Federn.

Carina lächelt. »Zugegebenermaßen habe ich ihn nicht selbst gebastelt, sondern im Eine-Welt-Laden gekauft. Der indianischen Überlieferung nach, lässt er die guten Träume durch. Die Schlechten bleiben hängen und werden später von der Morgensonne neutralisiert. Aber deine Interpretation ist auch sehr schön. Ich meine, dass er Träume fängt, damit sie den Menschen nicht verlorengehen.«

Sie seufzt. Unvermittelt erzählt sie: »Das hier, die *Lagune der Leichtigkeit*, ist die Erfüllung meines Lebenstraumes. Mir macht diese Arbeit unheimlich Spaß. Es ist wundervoll, anderen Menschen zu helfen. Ich möchte, dass sich alle, die zu mir kommen, wohlfühlen. Ich wollte einen Rückzugsort schaffen, an dem jemand da ist, der zuhört, der weiterhelfen kann. So etwas gibt es in unserer schnelllebigen Zeit kaum.«

Irgendwie rühren mich ihre Worte. Carina weiß, was sie will, dafür beneide ich sie.

»Ich habe heute viel Zeit. Mittwoch habe normalerweise meinen freien Nachmittag. Es kommt also niemand mehr. Aber ich verstehe auch, wenn das alles zuviel für dich ist. Möchtest du weitermachen oder sollen wir für heute abbrechen?«, fragt sie.

»Weitermachen«, beschließe ich. Die Erzählungen sind zwar schmerzhaft, aber auch außerordentlich tröstlich für mich. Sie erinnern mich daran, dass es in meinem Leben früher viele Rhythmen gab, nicht nur diesen faden, gut organisierten Gleichklang, der sich in den vergangenen Jahren in meinem Alltag breit gemacht hat.

DIE ABENTEUERTOUR

Carina lässt sich schnaufend im Mittelkreis nieder und ich mache es mir auf dem weichen Teppichboden bequem, lege mir eines der rot-goldenen Kissen in den Nacken und blicke zur Decke.

»Wenn es okay ist, möchte ich erst alle Geschichten hören. Dann habe ich einen Gesamtüberblick und wir können effektiver in die Auswertung gehen. Ich würde mir wieder Notizen machen, während du erzählst«, erklärt sie.

Ich bin einverstanden. Weil Carina mir die Wahl lässt, mit welchem der beiden übrigen Teile ich weitermachen möchte, greife ich zu der alten zerbeulten Plastikflasche und krame aus meiner Gedächtnisschublade die Erinnerung an die härteste Wanderung meines Lebens hervor.

»Mit Anfang zwanzig reiste ich alleine nach Spanien. Ich hatte einen Rucksack mit den nötigsten Dingen dabei. Weil ich plante, in Hostels zu übernachten, hatte ich allerdings auch auf einen Schlafsack verzichtet. Das stellte sich im Nachhinein als ziemlich bescheuert heraus.«

»Ich bin gespannt. Spanien ist wirklich toll«, findet Carina. Sie hört mit wachen Augen weiter zu.

Ich erzähle. »Höhepunkt für mich war eine zweitätige Wanderung durch ein Naturschutzgebiet in Andalusien. In Städten trifft man ja immer jemanden zum Reden. Aber ich wollte unbedingt erfahren, wie es ist, ganz allein durch die Natur zu laufen.«

»Zwei Tage sind eine überschaubare Zeit. Ich glaube, so hätte ich auch angefangen«, findet meine Entspannungstrainerin.

»Ich hatte auch alles gut durchgeplant«, sage ich. »Die erste Etappe führte zu einer bewirtschafteten Hütte, am zweiten Tag wollte ich bis zu einem Dorf außerhalb des Parks laufen. Ich hatte genug Zeit eingeplant, um ganz in Ruhe gehen zu können.«

Carina sieht mich an. »Aber?«, fragen ihre Augen.

»Aber ich hatte mich vertan«, sage ich. »Auf der Karte war die Hütte falsch eingezeichnet. Laut Angabe sollte sie ungefähr auf der Hälfte des Weges liegen. Stattdessen befand sie sich am Eingang des Parks. Das bedeutete, dass die erste Hälfte meiner geplanten Wanderung sehr kurz war, genauer gesagt, nur die vier Kilometer vom Bahnhof bis zum Startpunkt der Wanderung. Die zweite Hälfte gestaltete sich entsprechend länger. Da musste ich dann eine Mammutstrecke von mehr als 30 Kilometern bewältigen.«

»Blöd. Im heutigen Internetzeitalter hätte dir das nicht passieren können«, findet Carina.

Ich nicke. »Nein. Dann hätte ich mir die Strecke im Netz angesehen und mir wäre sofort aufgefallen, dass die Hütte woanders liegt. Aber das war zu diesem Zeitpunkt noch nicht möglich«, sage ich. Trotz dieses Irrtums habe ich mich von meinem Plan nicht abhalten lassen. Ich machte die Übernachtung in der Hütte und brach zum meinem langen Tagesmarsch auf, als die ersten Sonnenstrahlen durch die Stämme der gewaltigen Eichen blitzten. Den Vormittag verbrachte ich in einem wahren Natur-Wunder-Rausch. Von der für Südspanien charakteristische Hitze und Trockenheit war hier kaum etwas zu spüren.

Ich wanderte durch ein märchenhaft schönes, kleines Waldstück, über Wiesen und an Bachläufen entlang. Dabei hielt ich Ausschau nach Tieren. Ich hatte gelesen, der Park sei Heimat von Hirschen, Mufflons und Steinadlern. Ich freute mich noch, weil ich wirklich in Ruhe laufen konnte. Auf der Strecke kamen mir zwei Menschen entgegen, ansonsten war alles still, einsam und idyllisch. Mittags machte ich an einem kleinen Bach Rast und füllte meine Trinkgefäße neu auf. Für die Reise hatte ich eine Emailleflasche dabei, außerdem hatte ich mir am Bahnhof diese Wasserflasche aus Plastik gekauft, das stellte sich dann noch als Glücksfall heraus.«

Ich mache eine kurze Erzählpause und drehe die Plastikflasche in meinen Händen hin und her. »Kurz nach meiner Rast ist mir nämlich etwas Furchtbares passiert.«

»Was?«, fragt Carina, die Augen vor Spannung weit aufgerissen.

Ich erzähle ihr, wie ich während meiner Mittagspause die Wanderkarte studierte und dabei auf die Idee kam, eine Abkürzung nehmen zu können. Ich freute mich. Schätzungsweise konnte ich auf diesem neuen Weg gut drei Kilometer sparen. Statt dem Weg zu folgen, der als weiter Bogen durch den Wald führte, könnte ich laut Karte geradeaus einen mit Gras bewachsenen Hügel hinabsteigen, dachte ich. Anfangs ging auch alles glatt. Ich lief durch hohes Gras, in dem Glauben unten gleich wieder einen Weg zu erreichen. Aber die Strecke zog sich in die Länge, mein Weg wurde immer beschwerlicher, Geröll und dichtes Geflecht wucherten um mich herum. Aber ich kämpfte mich immer weiter nach unten. Der Weg würde gleich kommen, dachte ich mir.

Carina nickt: »Ich kann das nachvollziehen. Wahrscheinlich wäre es besser gewesen, wieder zurückzugehen und sich an die ausgewiesene Strecke zu halten.«

Ich nicke. »Als mir das klar wurde, war es leider schon zu spät. Ich steckte mitten im Gestrüpp fest und kämpfte mich dann über ein Geröllfeld, dass sich plötzlich vor mir aufgetan hatte. Und dann passierte es.«

»Was?!«, ruft Carina.

»Ich rutschte ab. Es gab nichts zum Festhalten, ich schlitterte über die Steine und krachte schließlich in einen dornigen Busch, der mir Arme und Gesicht zerkratzte.«

»Ach du meine Güte!« ruft Carina. Sie schlägt die Hände über dem Kopf zusammen.

»Das war aber noch nicht alles«, sage ich. »Dummerweise hatte sich mein Fuß zwischen zwei größeren Steinen verklemmt. Ich befreite mich mühsam und merkte gleich, dass ich mich fürchterlich verletzt hatte. Der Fuß schmerzte höllisch. Ich konnte kaum auftreten.«

»Was hast du dann gemacht? Es war ja niemand in der Nähe. Du hattest wahrscheinlich noch eine lange Strecke vor dir?« Carina bombadiert mich mit Fragen.

Ich schlucke. Im Nachhinein kommt mir mein Kurztrip wie ein Abenteuer vor. Als ich mit dem verletzten Fuß mutterseelenallein in der Wildnis lag, fühlte ich mich ganz anders. Ich heulte erst einmal vor mich hin. Ich rief auch um Hilfe, hatte aber keine Hoffnung, jemand würde mich hören. »Dummerweise fiel mir plötzlich ein, es könnten sich in der Gegend auch Wildschweine herumtreiben. Da habe ich kurzzeitig Panik bekommen«, erzähle ich Carina.

Sie nickt, ich fahre fort. »Ich hatte ein weiteres Problem. Meine Emailleflasche mit dem Trinkwasser war verlorengegangen. Ich hatte sie in eine Außentasche meines Rucksacks gesteckt. Jetzt sah ich, wie sie mehrere Meter über mir im Geröll lag. Sie war mir bei dem Absturz aus dem Rucksack gerutscht.«

»Zum Glück hattest du noch die Plastikflasche dabei, sonst hättest du auch noch Durst leiden müssen«, ergänzt meine Entspannungstrainerin.

Ich nicke. »Mit dem verletzten Fuß hatte ich ja keine Möglichkeit, wieder nach oben zu kommen. Ich ließ die Trinkflasche, wo sie war, und rutschte langsam den Hügel weiter hinunter. Glücklicherweise befand sich dort wirklich der Weg. Mit einer selbstgebauten Konstruktion aus Gräsern und Schnur, versuchte ich meinen Fuß zu bandagieren. Dann nahm ich mir zwei Stöcke zu Hilfe und humpelte den Wanderweg entlang.«

»Klingt schmerzhaft«, kommentiert Carina.

»Ja, das war es auch. Aber in dem Nationalpark funktionierte mein Handy nicht. Und ich konnte ja schlecht abwarten, dass zufällig jemand vorbeikommen und mich finden würde. Also schleppte ich mich voran. Es ging ganz langsam. Ich musste viele Pausen machen. Als es dann dämmerte bekam ich richtig Angst. Ich hatte kaum noch etwas zu trinken und zu essen. Vor allem hatte ich keine Lust, die Nacht im Freien zu verbringen. Wie gesagt, hatte ich keinen Schlafsack im Gepäck und ich wollte auch nicht unbedingt wissen, welche Tiere sich in der Dunkelheit an mich heranwagen würden.«

»Wie ging die Sache aus?«, fragt Carina.

Ich lächle. Sogar jetzt, Jahre später, hüpft die Freude in meinem Herzen, als ich an die Motorengeräusche denke. Der Range Rover des Förster näherte sich. Als der Mann mich müde und mit Tränenspuren im Gesicht am Wegrand sitzen sah, hielt er an, lud mich auf seinen Wagen und fuhr mich in den nächsten Ort. Dort gab es eine weitere Infostation der Nationalparkbetreiber mit Erste-Hilfe-Versorgung und Übernachtungsmöglichkeit.

Carina atmet auf. »Das nenne ich Glück!«, ruft sie.

Ich kichere. »Ja. Die Ankunft des Försters hatte ich wie ein Wunder gefeiert. Alleine hätte ich die Strecke mit dem kaputten Fuß wahrscheinlich nicht mehr geschafft.«

Ich schweige. Auch Carina fragt nicht weiter. Jede hängt ihren Gedanken nach.

Irgendwann sagt Carina: »Du bist ein Mensch, der viele Träume hatte und der ein buntes Leben führte. Es ist doch komisch, dass du das alles plötzlich aufgegeben hast, dass ihr das alles plötzlich aufgegeben habt. Du und Rob. Das schöne Paar im Sonnenuntergang.«

Ihre Worte berühren mich. Ja, mein Leben war wirklich bunt. Irgendwie ist es in den vergangenen Jahren eingefroren. Bei dem Gedanken an Rob und mich, das schöne Paar im Sonnenuntergang, wie Carina formuliert, beschleicht mich ein beklemmendes Gefühl. Gewiss, anfangs hatten wir beide eine wundervolle Beziehung.

Mit Rob ist das Leben nie langweilig. Er sprudelt vor Ideen und ich kann mich immer auf ihn verlassen, was die Kinder betrifft. Aber habe ich mir den Partner fürs Leben wirklich so vorgestellt? Rob ist ständig auf der Suche nach dem nächsten Abenteuer, Romantik interessiert ihn nicht Er kann tolle Kanutouren planen, aber er langweilt sich im Theater. Rob macht gerne Witze und hat lockere Sprüche auf den Lippen, für stundenlange Gespräche ist er nicht geschaffen. Rob war der Mann, den ich über alles liebte, aber ich bin mir nicht sicher, ob das noch so ist. Liebe ich ihn noch?

Ich möchte etwas sagen, mit Carina darüber sprechen. Vielleicht bin ich zu anspruchsvoll. Ich kann nicht erwarten den perfekten Partner zu finden, kein Mensch ist perfekt.

Zum Sprechen komme nicht. Plötzlich knallt es hinter uns, gleichzeitig surrt irgendetwas pfeifend über unsere Köpfe.

Carina schreit entsetzt auf. Ich zucke zusammen. Dann gucke ich in Richtung des Geräuschs. Ich weiß nicht, ob ich angesichts dieses Anblicks schallend lachen oder panisch die Flucht ergreifen soll. Auf der Schwelle steht Benno in seiner Krankenhausclown-Verkleidung. Die Tür hat er mit seinen riesigen Schuhen und einem kraftvollen Tritt geöffnet. Sie ist mit voller Wucht gegen die Wand gedonnert. Der grässliche Pfeifton stammt von einem rot-blau gestreiften Heulballon, der durch die Luft sauste und jetzt als schlaffes schrumpeliges Gummiteil vor meinen Füßen liegt. Benno ist gerade im Begriff, einen weiteren aufzublasen. Da sieht er mich, starrt mich erschrocken an und sinkt mitten in der Bewegung in sich zusammen wie Marionette, die plötzlich abgelegt wurde.

Er stottert los. »O mein Gott, entschuldigt, ich wusste nicht, dass ihr noch eine Sitzung habt. Ingeburg hat doch mittwochs ihren freien Tag, und da dachte ich, ich meine, ich dachte, also wir essen doch jeden Mittwoch zusammen.«

Ingeburg alias Carina Blue übertönt sein Gestammel mit einem schallenden trompetenartigen Lachen »Ach vor anderen Leuten sind dir deine Scherze peinlich?! Aber ich muss sie immer aushalten?! Geschieht dir ganz Recht, Bruderherz, dass dich mal jemand in voller Aktion miterlebt. Seraphine, da siehst du mal, wie roh mein kleiner Bruder mit mir umgeht!«

Benno lächelt: »Eher wie mit einem rohen Ei gehe ich mit dir um, Schwesterlein. Ich bin da ganz behutsam.«

»Die Nummer ist wirklich lustig, etwas aufregend vielleicht, wenn man gerade die Stille genießt und von der Vergangenheit träumt«, schiebe ich hinterher. Denn Benno sieht immer noch etwas kleinlaut aus. »

Ich wusste nicht, dass es schon so spät ist. Ich möchte nicht weiter stören. »Ich gehe jetzt mal«, sage ich schnell.

Aber da lächelt Benno schon wieder. Carina meint: »Unser Treffen ist sozusagen außerplanmäßig. Ich habe das heute schon so mit eingerechnet. Für diese Erzählsitzung braucht es einfach Zeit. Wenn du möchtest, kannst du mit uns mitessen und dann machen wir mit der dritten Geschichte weiter.«

Benno nickt. »Meine Freundin hat mir eine köstliche Kürbissuppe mitgegeben, die kann ich dir nur empfehlen. Es ist genug für alle da.«

So sitze ich wenig später in der kleinen Küche und löffle mit Carina Blue und dem Krankenhausclown Benno die köstlichste Kürbissuppe meines Lebens. Wir essen aus blauen Suppenschalen, die eine ortsansässige Töpferei hergestellt hat, wie mir Carina erklärt. Dazu serviert sie Tee aus gleichfarbigen Pötten. Die Spätsommersonne scheint zum Fenster herein. Es ist zum ersten Mal seit Wochen wieder still und friedlich und gemütlich.

Ich wende mich lobend an Benno. »Deine Frau ist eine Superköchin!«

Er grinst: »Ich gebe das Kompliment gerne weiter. Allerdings ist diese Kürbissuppe das einzige, was meine Freundin Agnetha kochen kann. Ansonsten ist sie eher der Kantinen-Typ.«

Carina mischt sich mit einem schelmischen Lächeln ein: »Vor allem ist Agnetha der absolute Karriere-Typ. Man glaubt es kaum, aber mein chaotischer Bruder ist tatsächlich mit einer erfolgreichen Immobilienmaklerin liiert. Optisch sind die beiden wirklich das Gegenteil. Agnetha hat Stil. Sie ist immer schick angezogen und ihre Frisur sitzt. Ich wundere mich, wie sie es mit Benno aushält.«

Sie kichert und knufft Benno, der neben ihr sitzt, leicht in die Seite.

»Ist doch gut, wenn ich eine stilbewusste Persönlichkeit in die Familie integriert habe. Einer muss sich mit solchen Dingen auskennen. Wir beide können es ja nicht. Und Benimm haben wir auch nie gelernt«, sagt er zu seiner Schwester.

Ich grinse. »Immerhin hast du deinen Knittermantel zum Essen ausgezogen.« Benno starrt mich an und Carina lacht wieder einmal schallend.

»Seraphine, Engelchen! Du bist wirklich witzig! Das sind genau die Worte, die mein Bruderherz mal hören muss!«

Benno guckt mich schräg von der Seite an, aber mehr belustigt als beleidigt.

»Danke!«, sage ich zu Carina. Ehrlich gesagt irritiert mich ihre Einschätzung. Ich und witzig? Von wegen! Ich nehme mich derzeit anders wahr. Ich bin eine anstrengende, traurige, einsame Person, die nichts besitzt außer ein paar netten Erinnerungen. Ich bin eine Frau, die irgendwann in ihrem Leben ihre Träume in die Tonne getreten hat.

Ich möchte das sagen. In diesem Moment summt das Handy in meiner Hosentasche. Und da muss ich gleich wieder lachen.

»Meine Mutter hat ein Foto geschickt. Von ihrem neuen Deckrüden: Horst von der Himbeeraue. Meine Eltern züchten Hunde, Akitas. Ihr alter Baron Buschi kann nicht mehr. Außerdem möchten sie sich auf rotes Fell spezialisieren«, informiere ich Carina und Benno, die mich neugierig ansehen.

»Ist ganz schön goldig der Horst«, findet Benno mit einem Blick aufs Foto.

Carina nickt. »Tiere bringen Leben in die Bude«, sagt sie.

Nach dem Essen verabschiedet sich Benno. »Wühlt euch nicht zu sehr auf!«, empfiehlt er uns augenzwinkernd.

»Keine Angst, ich muss gegen drei Uhr los, meine Kinder aus der Kita holen«, beruhige ich ihn lächelnd.

Carinas Bruder ist wirklich nett. Er ist überhaupt nicht so verrückt wie ich beim ersten Eindruck dachte. Er hat einen interessanten Beruf, er bringt kranke Menschen zum Lachen. Zudem hat er eine Freundin, in die er anscheinend bis über beide Ohren verliebt ist. Schön. Ich seufze.

»Wir haben noch eine Erinnerung. Hast du noch Energie zum Erzählen? Zeit genug wäre noch. Aber wir können es auch auf das nächste Mal verschieben«, sagt Carina.

Im Nachhinein werde ich wissen, dass ich in diesem Moment einen fatalen Fehler begehe. Der Tag ist bislang so ruhig und friedlich verlaufen. Mit der Entscheidung, die Sitzung fortzuführen, setze ich mein Glück aufs Spiel. Weil ich das nicht weiß, nicke ich auf Carinas Frage freudestrahlend und mache es mir wieder auf einem der bunten Sitzkissen bequem.

»Also Seraphine, wohin führt uns die Geschichte Nummer drei?« Carina nimmt den zerschlissenen Plastikeimer und blickt mich fragend an.

»Die Erinnerung führt uns zu einer Kirschernte, in einen Garten meiner Kindheit«, sage ich.

»Erzähl!«, fordert Carina. Ich male eine Kindheitserinnerung vor ihr geistiges Auge. Spreche von dem großen Garten unserer Nachbarn, in dem sich Eltern und Kinder jährlich zur Kirschernte versammelten. Ich erzähle von Annika und Sandra, die auf Bäume klettern durften und von meiner Mutter, die mir das verboten hatte.

Ich rieche den Duft der Wiese, höre Käfer und Insekten zwischen den Blüten summen.

Lautlos schleicht sich plötzlich eine weitere Erinnerung ein. Ich bin erwachsen und laufe mit Maura und unseren Kindern durch die sommerlich erhitzten Straßen unserer Stadt. Wir unterhalten uns über Erinnerungen, über meine Kindheit, die nach Kirschen schmeckte und über Mauras Kindheit, die nach Gewürzen roch.

Mein Herz hüpft vor Freude, als ich an Charlie und Heinrich denke, meine Tochter und Mauras Sohn, die sich am Brunnen die Kleider vom Leib reißen und dann nackt und mit bloßen Füßen durch die Straßen rennen. Die Menschen lachen bei ihrem Anblick.

»So habe ich meine Kindheit in Erinnerung, so glücklich, solche Kinder sieht man heute gar nicht mehr!«, ruft uns ein alter Mann zu. Maura kichert und bequatscht einen Eisverkäufer, uns eine Runde umsonst auszugeben. So etwas kann sie gut. Grenzen sprengen, Menschen begeistern. Ich schwärme und lasse mich immer tiefer in meine Gedanken fallen, schwelge in dem Sommertag.

Wir tanzten durch die flirrend heißen Straßen, als gäbe es keine Sorgen auf dieser Welt.

Vielleicht macht das diese Atmosphäre in der *Lagune der Leichtigkeit*, vielleicht entfalten Carinas sphärische Klänge doch eine Wirkung bei mir. Ich fühle mich mit einem Mal so leicht und ausgelassen, wie schon lange nicht mehr. In diesem Moment ist mir Maura zum Greifen nahe. Ich lache und plappere, meine Erinnerungen sprudeln wie ein frischer Quell aus mir heraus.

»Seraphine!«, Carinas Stimme reißt mich aus diesem Tagtraum.

»Seraphine, hör mal zu! Mach mal kurz Pause. Das ist wundervoll, was du da erzählst. Aber es ist mehr als eine Erinnerung, das ist eine Erinnerung einer Erinnerung. Es geht doch eigentlich um die Kirschernte, um deine Kindheit. Wer bitteschön ist Maura?«

Ich tauche aus meiner Erzählung auf, blubbere langsam an die Oberfläche der Realität wie ein Taucher aus dem Meer. Carina hält immer noch den Kirschernten-Eimer in den Händen und sieht mich fragend an.

»Maura ist ein ganz besonderer Mensch. Aber jetzt ist sie weg«, erkläre ich trotzig. Eigentlich möchte ich jetzt nichts mehr sagen. Zum ersten Mal spreche ich mit jemandem über meine verlorene Freundschaft und das auch nur aus Versehen. Meine Erinnerung an das Kirschenpflücken hat eine neue Erinnerung wachgerufen. Anstatt Carina einfach an meinem Kindheits-Sommerglück teilhaben zu lassen, habe ich angefangen von Maura zu schwärmen.

»Wie weg? Warum ist Maura weg? Ist sie tot?«, fragt Carina nach. Ihre Stimme klingt plötzlich sehr ernst.

Ich wehre ab. »Nein sie ist nicht tot. Sie ist auch nicht weg. Sie ist noch da. Ich meine. Irgendwo in der Stadt, in ihrem Haus oder so. Unsere Freundschaft ist weg. Wir treffen uns nicht mehr. Es gab da einen Zwischenfall, einen, der mich ihre Freundschaft gekostet hat. Ist schon länger her.«

Leider lässt sich meine Entspannungstrainerin damit nicht abspeisen.

»Aber es belastet dich noch. Das war wohl eine sehr gute Freundschaft«, stellt sie fest.

Ich nicke, ich schlucke, ich spreche die Worte aus, die ich mir lange selbst als Gedanken nicht erlaubt habe. »Ja. Das war eine sehr gute Freundschaft. Ich vermisse sie jeden Tag.«

Carina blickt mich direkt an: »Seraphine, was ist passiert?«

Diese Frage legt einen Schalter in meinem Kopf um. Meine Stimme klingt plötzlich seltsam laut und kreischend. »Nichts ist passiert! Nichts! Das geht dich gar nichts an!«

Ich schnappe nach Luft. Carina legt mir beruhigend die Hand auf den Arm. Ich schlage ihn unwirsch beiseite. Sie verzieht leicht das Gesicht, einen Augenblick nur, aber ich sehe, ihr hat das weh getan. Na und! Soll sie nicht so neugierig fragen!

Diese Erzählung eben hat das schöne Essen mit Benno, die Erinnerungen an den Sonnenuntergang und die Reise mit voller Wucht verdrängt. Jetzt finde ich hier gar nichts mehr hübsch und nett und wundervoll. Im Gegenteil: Ich bin wütend, weil Carina Blue meine Gedanken auf diesen Moment gelenkt hat, auf diesen Sommertag, als ich mit meiner besten Freundin und den Kindern durch die Straßen streifte und Kindheitserinnerungen teilte.

Ich bin wütend, weil ich mich an diesem Tag so glücklich fühlte und mir nun eingefallen ist, dass ich im Leben schon so vieles verloren habe. Nicht nur meine Liebe zu Rob, sondern auch noch meine beste Freundin.

Nur wegen Carina wurde mir das bewusst. Deswegen will ich mich rächen. Sowieso ist sie die einzige Person, die ich im Moment greifen kann, bestrafen kann. Ich dresche mit Worten auf sie ein, so heftig wie ein Boxer in einem Ring seinen Gegner mit Fäusten traktiert. Der Schmerz in meiner Seele lässt mir gehässigen Worte leicht über die Lippen rollen.

Ich schreie Carina an. »Lass mich in Ruhe! Du schleichst dich hier mit einer billigen Video-Masche in mein Leben und ziehst mir meine Lebensgeschichte aus meinem Herzen. Ich kenne dich nicht! Du kannst mir nicht helfen! Mein Leben geht dich nichts an!«

Die Empörung schwappt wie eine Riesenwelle über uns zusammen. Aber sie spült Carina Blue nicht fort und auch nicht meinen Zorn.

Carina packt meine Fäuste mit festen Griff und

hält sie mit ihren beiden Händen fest umklammert. Ich kann nur noch hilflos zappeln. »Seraphine, mach die Augen auf!«

Ich blicke Carina ins Gesicht. Ihre Mine lässt weder Aufregung noch Zorn erkennen. Sie guckt ruhig, konzentriert. Aber der Blick ihrer grauen Augen lässt mich nicht los und ich spüre wie sich ihre Fingernägel in das Fleisch meiner Handgelenke bohren. Ich zapple und winde mich noch eine Weile. »Ruhig, Seraphine«, sagt Carina.

Sie spricht mit mir wie mit einem wilden Tier, das gezähmt werden muss, oder wie mit einer Verrückten. Irgendwie stimmt beides. Ich bin in diesem Moment wild und irre zugleich. Dabei war ich doch vor Kurzem noch ganz normal. Ich war sogar toll, eine tolle Mutter, eine treue Partnerin, eine zuverlässige Kollegin…

Angesichts dieser Erkenntnis zögere ich für einen Moment, lege weniger Kraft in meine Bewegungen. Als Carina schließlich meine Handgelenke aus ihrem Schraubgriff freigibt, lasse ich meine Arme und meinen Körper einfach fallen, kauere mich auf den Fußboden wie ein verletztes Tier und heule, was das Zeug hält.

Reicht es nicht, dass ich mich mit dem Gedanken an meinen Mann quäle? Muss mir auch noch die Freundin in den Sinn kommen, die ich schon seit mehr als einem Jahr nicht mehr gesehen habe? Ich atme Duftlampen-Lavendel und spüre Carinas warme Hand auf meinem Rücken. Die bleibt einfach da und wartet, bis meine Atmung langsamer wird, mein Körper sich entkrampft. Ich wollte um drei Uhr die Kinder abholen, aber ich werde wohl zu spät kommen.

Langsam drehe ich meinen Kopf. Es ist mir egal, dass Carina mein verheultes Gesicht sehen kann. »Diese Geschichte ging wohl daneben«, sage ich und hoffe, es klingt ein bisschen witzig oder ironisch. Aber mein Tonfall ist genauso schuldbewusst, wie ich mich fühle.

Eine entspannte Gedankenreise an die schönen Orte der Kindheit sieht anders aus.

»Tut mir leid, dass ich so ausgetickt bin«, schiebe ich hinterher.

Carina blickt mich aufmerksam an. »Du hättest mir das erzählen müssen«, sagt sie dann.

Ich blicke sie fragend an, sie erklärt. »Na, dass du nicht nur deinen Mann verloren hast, sondern auch deine beste Freundin. Dein Leben ist also nicht erst seit Kurzem so belastet, du bist ja schon länger labil.«

Ihre Worte machen mich sprachlos. Eine neue Welle der Empörung schwappt über mich, doch diesmal ist sie bedeutend schwächer. Trotzdem: Über meine verflossene Freundschaft mit Maura soll sie sich bloß kein Urteil erlauben! Was bildet sich Carina ein!? Was wagt sie, in meinen Erinnerungen zu schnüffeln und mir ihre bescheuerten Theorien vorzusetzen! Sie ist keine ausgebildete Psychologin, sondern irgendeine selbsternannte Coaching-Irgendwas-Trainerin. Plötzlich fällt mir auf, wie eng es hier ist, in dieser *Lagune der Leichtigkeit*. Es ist hier überhaupt nicht leicht!

»Ich muss jetzt dringend gehen, die Kinder holen!«, sage ich knapp. Ich stehe auf, schnappe mir in der Garderobe Jacke und Schuhe und verlasse Carina Blue, ohne auf Wiedersehen zu sagen. Das war's jetzt mit Therapie!

ZWEITER TEIL

VERÄNDERUNGEN

Die Senioren bilden die letzte Gruppe, die ich an unserem Tag der offenen Tür durch das Schlafzentrum führe.

»Sehen Sie hier: Mit den Elektroden am Kopf überwachen wir Hirnströme, Augenbewegungen und die Muskelaktivität des Kinns. Mit den Elektroden am Brustkorb zeichnen wir das Elektrokardiogramm auf. Das kennen Sie als EKG. Die Gurte um Brustkorb und Bauch sind mit Dehnungssensoren ausgestattet. Sie messen die Atembewegungen. Der Sensor auf dem Brustgurt registriert zum Beispiel die Körperlage. Zwischen Mund und Nase befindet sich ein Atemflusssensor. Dann haben wir noch einen weiteren Sensor. Der wird am Zeigefinger oder am Ohrläppchen angebracht und misst die Sauerstoffsättigung im Blut. Zwei Elektroden für die Unterschenkel erfassen Beinmuskelbewegungen.«

»Und das Mikrofon?«, fragt ein mausgrau gekleideter Herr.

Lächelnd antworte ich ihm. »Das Mikro wird oft im Bereich des Kehlkopfes fixiert und zeichnet

Schlafgeräusche auf.«

Eine stark geschminkte und intensiv nach Veilchenparfum duftende Frau hakt nach. »Ja sagen Sie mal, mit so vielen Drähten und Sensoren kann man doch nicht schlafen!«

Ich erkläre: »Den meisten Patienten gelingt das sehr gut. Sie müssen sich die ersten zwanzig Minuten daran gewöhnen, verkabelt zu sein. Aber dann schlafen sie tief und fest.«

»Wer lässt sich bei Ihnen untersuchen?«, möchte sie wissen.

»Uns besuchen Menschen mit den unterschiedlichsten Schlafstörungen. Beispielsweise Patienten, die unter Schlafapnoe leiden, also Atemaussetzer bekommen, die schlafwandeln oder nachts mit den Zähnen knirschen. Und dann gibt es noch einige weitere organisch oder chronisch bedingte Schlafstörungen, deren Ursachen wir hier untersuchen.«

Ich rattere die Infos herunter wie eine bestens programmierte Maschine. Das Schlaflabor ist mein Revier. Außerdem ist es derzeit der einzige Ort, an dem ich mich sicher fühle. Hier habe ich die Dinge im Griff. Obwohl ich heute am Tag der offenen Tür gefühlte hundert Mal das Gleiche erzählt habe und immer dieselben Fragen beantworte, bin ich weder genervt noch gelangweilt. Im Gegenteil, es macht mir Spaß, den Menschen zu erklären, wie ich arbeite. Die Gäste hier sind alle freundlich und interessiert. Für sie ist mein Arbeitsplatz exotisch.

Das Schlaflabor besteht zum Großteil aus technischen Geräten, dennoch assoziieren viele Besucher diesen Ort mit einer Art Aufbewahrungsstätte für Träume. Mir gibt die klare Struktur im Moment Halt. Mein Leben ist bunt und turbulent genug und ich liebe die Stille. Es gibt nichts Beruhigenderes für mich als die Patienten, die Computer und die statistischen

Auswertungen. Die Nacht hat eine eigene Ruhe, die mir ganz allein gehört. Auch das schätze ich sehr. Hier habe ich alles unter Kontrolle. Zudem scheint mir das Glück an diesem Ort treu zu bleiben.

Von meiner »Garderoben-Nummer« mit Niklas Heimer haben meine Kollegen offenbar wirklich nichts gemerkt. Es gab kein Getuschel auf den Gängen. Gerüchte über mich und mein Privatleben kursieren auch nicht, soweit ich das mitbekommen habe. Niklas hat mir hoch und heilig versprochen, dicht zu halten, was besonders wichtig ist, da er weitere Termine bei uns wahrnehmen wird. Er ist ein wenig enttäuscht – zugegebenermaßen. Nach einem Auswertungstermin vor ein paar Tagen hat er mich abgepasst und wollte mich »auf einen Kaffee« zu sich nach Hause einladen.

»Ich finde dich sehr sympathisch, sehr sehr hübsch und würde dich unheimlich gerne näher kennenlernen«, sagte er. Seine direkte, ehrliche Art beeindruckte mich. Trotzdem habe ich abgelehnt. Mein Leben ist kompliziert genug. Ich bin mir noch nicht im Klaren, wie ich für Rob empfinde und wie es mit unserer Familie weitergehen soll.

»Ich muss mich erst einmal wieder neu ordnen«, antwortete ich Niklas.

Eine Affäre passt nicht in mein Programm, dennoch gibt es mir ein gutes Gefühl von einem so hübschen und zuvorkommenden Mann begehrt zu werden.

Niklas respektiert meine Grenzen. Wenn er zu seinen Terminen ins Schlafzentrum kommt, ist er diskret. Vor meinen Kollegen siezt er mich sogar. Nur die Sache mit den Blumen macht mir zu schaffen. Ich habe Niklas auf den Blumenstrauß angesprochen, den mir kürzlich ein anonymer Absender zugeschickt hatte. Er zuckte nur mit den Schultern, grinste mich an und ich kam nicht umhin, wieder einmal seine wundervollen blaugrauen Augen zu bewundern.

»Schöne Idee, könnte von mir sein, muss sie aber nicht«, sagte er.

Mehr war aus ihm nicht herauszukriegen. Anscheinend macht es ihm Spaß, mich im Unklaren zu lassen.

Ich seufze. Mein Leben ist eine einzige Baustelle, das hat Carina Blue schon richtig erkannt. Seit meinem Ausraster, den ich kürzlich während der Sitzung hatte, habe ich nichts mehr von ihr gehört. Ich schäme mich, dass ich sie angebrüllt habe.

Mein schlechtes Gewissen hat mich wenigstens dazu gebracht, einen - zugegebenermaßen überfälligen - Schritt zu tun. Heute Abend werde ich mich endlich mit Rob aussprechen. Er hat schon lange darauf gedrängt. Ich bin dem Gespräch bislang immer ausgewichen. Wenn ich auch immer noch tief verletzt von seinem Verhalten bin, müssen doch unsere Wohnsituation und die Zukunft für unsere Kinder geklärt werden.

Ein weiteres Mal seufzend hänge ich meinen Arbeitskittel in den Schrank. Ich ziehe mir meinen warmen blauen Winterparka über. Die Chefin hat darauf bestanden, dass wir am Tag der offenen Tür stilecht in Arbeitskleidung erscheinen. »So schaffen wir eine lebendige Kulisse. Die Besucher können sich vorstellen, wie es hier tatsächlich abläuft«, hat sie begeistert verkündet. Unseren Gästen scheint diese Idee sehr gut gefallen zu haben und das ist ja die Hauptsache. Mit einem etwas mulmigen Gefühl schließe ich die Garderobentür und mache mich auf den Heimweg.

Mir graut vor dem Gespräch mit Rob, was nicht nur an der Sache mit seiner heimlichen Affäre liegt. Ich weiß einfach nicht, wie es mit uns weitergehen soll. Ich weiß nicht, ob ich ihn noch genug liebe. Habe ich ihn überhaupt jemals so gewollt, wie er wirklich ist? Rob ist ein Kraftmensch, der sich ständig neue

Herausforderungen sucht. Vor Kurzem hat er eine Wanderung gemacht und drei Nächte unter freiem Himmel geschlafen. Er wollte die Natur spüren, nur von dem leben, was er unterwegs findet. Er kümmert sich auch rührend um Charlie und Antonin und ist absolut verlässlich. Aber möchte ich mit ihm deswegen den Rest meines Lebens verbringen? Andererseits träume ich davon, den Kindern eine heile Familienwelt bieten zu können. Und das geht nur zusammen mit ihm.

Zum Glück ist die Pforte gerade nicht besetzt. Sonst wäre das, was nun passiert die beste Vorlage, endlich Gerüchte über mich im Kollegium zu streuen. Im Gang erwartet mich eine Überraschung in Form eines weiteren Blumenboten. Der Mann kommt Hilfe suchend auf mich zu.

»Ich habe einen Strauß für Seraphine Wollner.« Sofort bekomme ich Puddingknie.

»Das bin ich, vielen Dank! Na da ist ja wirklich unerwartet!«, bringe ich hervor. Mit zittrigen Händen nehme ich mein neues Überraschungsgeschenk entgegen. Der Bote nickt höflich. Zum Abschied hebt er kurz die Hand.

Ich beeile mich, nach draußen zu kommen, atme auf, weil ich keinem meiner Kollegen dabei begegne. Schnellen Schrittes gehe ich davon. Erst einige Straßen weiter bleibe ich stehen. Das ist doch wirklich komisch! Dasselbe Spiel wie neulich. Diesmal besteht der Strauß allerdings aus Sonnenblumen und Santini, nicht aus Nelken, Alstromerie und Physalisbündchen wie vergangene Woche.

Wieder bleibt der Absender anonym, wieder finde ich eine Karte, diesmal ist sie mit einem einzigen Satz versehen.

»Seraphine, mögen dir diese Blüten ein Lächeln in dein wunderschönes Gesicht zaubern!«

Ojemine! Wie kitschig klingt das denn?! Zumal

mein unbekannter Verehrer in seiner Einschätzung ganz schön daneben liegt. Der Blumenstrauß zaubert mir eher Verzweiflung ins Gesicht als ein Lächeln. Die Blumen sind wirklich wunderschön. Aber wer hat sie abgeschickt?

Zum Glück ist mir der Bote auf dem Gang in die Arme gelaufen. Gleich beginnt die Spätschicht und die Kollegen hätten sich über einen weiteren Strauß für mich sicherlich sehr gewundert.

Das mulmige Gefühl breitet sich immer weiter in mir aus. Als ich an einer Mülltonne vorbeikomme, werfe ich den Strauß hinein. Die Karte reiße ich in winzige kleine Teile und entsorge sie gleich mit. Es tut mir leid für die tollen Blumen, die nun im Abfall liegen. Aber dieses Geschenk belastete mich nur.

Meine Schritte sind zäh, als klebte Kaugummi an meinen Füßen. Ich laufe langsamer als sonst. Die Kinder übernachten heute wieder bei Tessa. So werden Rob und ich richtig viel Zeit zum Reden haben. In Gedanken lege ich mir Sätze zurecht, Erklärungen, Vorschläge. Auf keinen Fall möchte ich noch einmal die Kontrolle verlieren wie bei dem Gespräch mit Carina. Ich möchte herausfinden, was uns noch verbindet und wie es weitergehen kann. Ich atme tief ein und aus, konzentriere mich auf das Muster im Straßenbeton, aber ich schaffe es nicht, das blöde Wummern in meinem Herzen zu betäuben.

»Morgen ist alles vorbei, ich werde aufwachen und es wird Klarheit herrschen.« Mit diesem Mantra spreche ich mir selbst Mut zu.

Offenbar ist heute mein Tag der unglaublichen Überraschungen, leider. Die nächste wartet bereits auf mich. Ich biege um die Ecke zu unserem Haus und höre die freudige Stimme meiner Mutter. Sie kommt mir mit kraftvollen Schritten entgegen. Die neue, blond gefärbte Kurzhaarfrisur unterstreicht ihre drahtige Energie.

Mutter ist nicht besonders groß, aber von einer zäh-athletischen Statur. Die braune Cordhose und der waldgrüne Lodenmantel betonen ihre Nähe zu Land und Natur.

»Seraphine!«, ruft Mutter energisch. Ich frage mich, was sie bewogen hat, um diese Uhrzeit unangekündigt hier aufzukreuzen. Spontanbesuche sind nicht ihre Art. Sie gestalten sich auch völlig unpraktisch, angesichts der gut 100 Kilometer, die zwischen meinem Wohnort und ihrem kleinen Dorf liegen.

Dann sehe ich den Grund ihres Besuchs. Er trottet müde und mit langsamen Schritten hinter ihr her: Boshihoro Benuko, auch genannt Baron Buschi, Mutters ausrangierter Deckrüde. Er läuft, als habe er Schmerzen. In der Art, wie meine Mutter mich anblickt, in einer Mischung aus Hoffnung und Verzweiflung, ahne ich das Schlimmste. Und das tritt auch gleich ein.

»Ich habe gerade geklingelt, Rob meinte, du müsstest bald da sein. Deswegen bin ich noch kurz eine Runde mit dem Hund gegangen, damit er sein Geschäft erledigen kann, längere Strecken schafft er momentan sowieso kaum, der Arme. Seraphinchen, wir brauchen unbedingt deine Hilfe!«

Mutter geht gleich zum Angriff über. Baron Buschi stupst mich müde mit seiner Hundeschnauze an, ich tätschle ihm zur Begrüßung den Kopf. Mutter beobachtet das wohlwollend.

»Ihr habt euch ja schon immer so gut verstanden, du und der Hund.«

Leider sei der alte Baron seit dem Einzug des neuen Deckrüden Horst sehr angespannt, erzählt Mutter in besorgtem Tonfall.

»Horsti schlägt ihm buchstäblich auf den Magen!«

Ich gucke erschrocken, Mutter beruhigt mich.

»Keine Angst, bei euch hat er ja Ruhe, er wird dir schon nicht in die Wohnung kotzen.«

Mir?! »Das kann jetzt nicht sein! Was soll das heißen?« Ich will schreien, hauche aber nur ein kraftloses »Was…?!«

Mutter fährt fort. »Sieh mal Seraphine, wir haben dieses Wochenende ein Problemchen. Wir sind doch im Vorstand des Hundezuchtvereins und seit Wochen laufen schon die Vorbereitungen für das große Kreisturnier. Du weißt ja, wie stolz wir darauf sind, dass wir das in den vergangenen Jahren zu einem weit beachteten Event entwickeln konnten. Unsere Preisträger sind hoch angesehen. Das ist wirklich großartig!«

»Sehr toll, aber was habe ich damit zu tun?«, frage ich in meinem naivsten Tonfall.

Mutters rechter Nasenflügel zuckt, wie immer, wenn sie ärgerlich wird. Dann besinnt sie sich aber, atmet tief durch und erklärt.

»Nun haben wir uns dummerweise mit der Eingewöhnung von Horst ein wenig verschätzt. Beziehungsweise hat er sich ja schon toll eingewöhnt, er scheint Mashimota heiß und innig zu lieben. Aber nun ist Boshihoro natürlich eifersüchtig. Wegen des Turniers können wir uns nicht so sehr um ihn kümmern, wie er es eigentlich nötig hat. Zumal ich mit Mashimota und Horst ja noch die Parcours durchgehen muss.«

»Aber Vater könnte doch solange mit Buschi einen ruhigen Waldspaziergang machen«, wende ich ein. Ich gebe nicht so schnell auf. Mutter leider auch nicht.

»Übers Wochenende wird es sehr lebendig zu Hause. Es kommen wie üblich die Smithers zu Besuch, du weißt schon, unsere Bekannten, die in ihrer Leidenschaft um die Hunde so richtig aufgehen. Rührend, die beiden! Sie schicken ihre Preisträger vom vergangenen Jahr wieder ins Rennen: Oswald von der Wolkenheide und Tara Tawania. Da haben wir das ganze Haus voller Hunde. Herrlich! Dein Vater bockt natürlich wieder. Er nennt die beiden Gasthunde konsequent

Takatuka und Tikataka oder so ähnlich.«

Mutter holt kurz Luft, sie sieht mich bittend an. »Seraphine, um den Boshihoro mache ich mir ganz große Sorgen. Der wird das nicht packen! Er wird durchdrehen, da ist viel zu viel los. Es wäre wirklich toll, wenn ihr das einrichten würdet. Könntet ihr ihn übers Wochenende zu euch nehmen?!«

Jetzt ist es raus. Ihre Bitte klingt höflich, ihr Tonfall hat Nachdruck. Außerdem hat sie ja schon Tatsachen geschaffen, indem sie vor mir steht. Boshihoro tut mir leid. Ich habe den Hund wirklich gerne und ich möchte nicht, dass es ihm schlecht geht. Andererseits habe ich derzeit tausend eigene Baustellen, beispielsweise meinen »Noch-Ehemann«, dem ich gleich mit wackeligen Knien und zitterndem Herzen gegenübertreten werde. Da habe ich kaum Kraft, auch noch die Psyche eines labilen Hundeseniors zu pflegen.

»Du hättest ja mal anrufen können. Ich bin derzeit wirklich im Vollstress«, sage ich resigniert zu meiner Mutter.

»Ich hatte eine SMS geschrieben, vorhin. Ehrlich gesagt habe ich mich bei den Planungen einfach verschätzt. Ich dachte, es wird sich alles zurechtrücken. Aber Boshihoro ist eben schon in die Jahre gekommen und braucht etwas mehr Rücksichtnahme«, erklärt sie.

Dann, als habe etwas in ihr einen Schalter umgelegt, meint sie: »Seraphine, mach dir mal nicht allzu große Sorgen wegen dir und Rob. Ihr seid ein großartiges Paar. Krisen kommen in den besten Familien vor! Das wird schon wieder!«

Ich gebe ihr darauf keine Antwort. Erstens ist Mutter mit ihren Gedanken sowieso bei ihrem Hundeturnier. In ihr werde ich keine aufmerksame Zuhörerin für meine Probleme finden. Und zweitens habe ich ihr ohnehin nicht alles erzählt. Sie muss nicht alles wissen, was in meiner Ehe passiert.

Baron Buschi leckt mir über die Hand und winselt. Wenn ich stur bleibe, ist er der Leidtragende an der ganzen Geschichte. Das möchte ich auch nicht. Der arme Hund kann nichts für meine Ehekrise. Er kann auch nichts dafür, dass Mutter sich bei ihren Planungen für den Wettbewerb verschätzt hat.

Ich seufze, ich nicke.

»Es geht ja nicht anders. Aber am Montag holt ihr ihn wieder ab!«

Mutter hüpft vor Freude und Erleichterung wie ein kleines Kind in die Höhe, drückt mir einen Kuss auf die Wange und ruft: »Danke, danke, Seraphine! Ich wusste, du würdest mich da jetzt nicht hängen lassen!«

Sie muss gleich zurück, alles vorbereiten, denn die Smithers kommen ja auch bald.

Sie drückt mir eine Tüte in die Hand.»Seniorenhundefutter.«

Ich wünsche ihr »ganz viel Spaß« und winke ihr kurz nach, als sie in ihrem kleinen roten Golf Cabriolet um die Ecke biegt.

»War das deine Mutter, na dann gute Nacht!«, sagt eine Stimme hinter mir. Ich weiß nicht, wie lange Fred Wischmann uns beobachtet hat. So mitleidig, wie er guckt, hat er wohl den größten Teil des Gesprächs mitbekommen. Ich verdrehe die Augen.

»Ich bin's gewohnt, sie war schon immer so, sie meint es nicht so. Ich kann damit umgehen«, sage ich. Er nickt.

»Falls du dich mal ausheulen willst, kannst du bei mir klingeln«, bietet er freundlicherweise an. Ich lächle ihm dankbar zu.

»Danke. Ich bring' auch meine Kettensäge mit, sie kann dann so lange mit dem Vorschlaghammer plaudern«, sage ich. Fred lacht.

Ich nehme - innerlich seufzend - die Hundeleine und gehe mit Baron Buschi ins Haus. Der Hund ist wirklich müde, die Treppenstufen nimmt er im Schneckentempo.

»Ich hab's ja befürchtet! Gegen Annemarie ist der stärkste Häuptling machtlos!«

Oben an der Tür lehnt Rob mit verschränkten Armen. Ich streife meinen Mann mit einem kurzen Blick. Er sieht fantastisch aus. Das gelbe Vintage-Shirt umspielt seinen muskulösen Oberkörper. Diese lässige Jeans habe ich schon immer gern an ihm gesehen. Er hat seine strubbeligen haselnussfarbenen Haare mit etwas Gel dezent in Form gebracht. Ein sicheres Zeichen dafür, dass ihm unser bevorstehendes Gespräch überaus wichtig ist. Kein Wunder, es geht um die Zukunft unserer Familie. Rob hat bereits angedeutet, sich um jeden Preis mit mir versöhnen zu wollen.

Die Frage ist, ob ich weiß, was ich möchte. Mein Herz pocht bei seinem Anblick hysterisch. Da ist sie wieder, diese komische Mischung aus Verletzung und der Furcht vor noch mehr negativen Botschaften, verbunden mit der kindlichen Hoffnung, meine Welt könne wieder bonbonrosa und heil werden. Rob berührt mich leicht am Arm, als ich über die Schwelle trete. Es fühlt sich unerwartet gut an, ich verdränge mein plötzlich aufkeimendes Bedürfnis, mich an seine Brust zu werfen und einfach loszuheulen. Stattdessen dränge ich mich an ihm vorbei in die Küche und fülle für Baron Buschi eine alte Salatschüssel mit Wasser, die er gierig leert.

»Seraphine, ich wollte das nicht so. Es tut mir alles so leid!«, beteuert Rob, als wir uns wenig später am Wohnzimmertisch gegenübersitzen. Ich gucke an ihm vorbei und konzentriere mich auf das Mobile an der Decke. Charlie hat es aus selbst gesammelten Ästchen, Kastanien und Hölzern gebastelt.

»Sieh mich doch wenigstens mal an!«, bittet Rob. Es fällt mir schwer seinem Blick standzuhalten, auch, weil ich seine nachtschwarzen Augen so liebe und weil mir in diesem Moment wieder der Gedanken an »die Andere« kommt. Hat er sie auch so verliebt angesehen, wie er das bei mir gerade macht? Hat er ihr gesagt, dass er eine Familie hat? Kinder?

»Seraphine, ich wünsche mir so sehr, dass alles wieder so wird wie früher«, sagt Rob.

Gewiss, er trägt nicht allein die Schuld. Wir liefen nur noch im Takt, haben uns als Paar zu wenig wahrgenommen. Aber mein Stolz ist verletzt, ich bin nicht konstruktiv. Stattdessen frage ich nach. »Wer war sie? Und wann hat das überhaupt angefangen mit euch?«

Rob seufzt. »Quäle uns doch bitte nicht mit dieser Sache, Seraphine! Es war ein Ausrutscher. Jasmin bedeutet mir nichts. Sie hat mir noch nie etwas bedeutet.«

»Jasmin also«, sage ich.

Rob seufzt hilflos. »Seraphine. Du bist die Frau meines Lebens!«

Seine Worte prallen an mir ab. Ich weiß, dass ich mit meinen Fragen nur mir selbst schade. Jasmin. Eine Blume, ein Duft, ein Name, dessen Schönheit mir weh tut.

»Wann habt ihr euch getroffen?«, knurre ich und blicke Rob diesmal fest in die Augen.

»In den Mittagspausen. Sie kam neu in die Abteilung. Sie wohnt in der Nähe der Firma.«

Er tut sich schwer, mir das zu sagen. Angesichts seiner Worte wird mir schlecht. Unweigerlich steigen Bilder in mir hoch, von einer unwahrscheinlich schönen Frau mit langem Haar, perfektem Teint und optimaler Frisur. Ich male mir aus, wie sie meinen Mann umgarnt, wie sie ihn mit in die Wohnung nimmt, wie sie ihn berührt.

Rob sieht mir an, was ich denke. Er windet sich.

»Seraphine. Bitte lass das! Ich will dir nicht

wehtun.«

»Das hast du längst!« Tränen rinnen mir über die Wangen.

Rob macht Anstalten aufzustehen, zu mir herüberzukommen, aber dann lässt er es. Er sitzt einfach auf dem Stuhl und guckt mich an. Ich fühle mich hilflos. Einerseits wünsche ich mir, er nähme mich einfach in den Arm, gleichzeitig möchte ich, dass er verschwindet, dass er mich in Ruhe lässt und nie mehr kommt.

»Arbeitet sie immer noch in deiner Abteilung?«, frage ich.

»Das ist doch völlig unwichtig, Seraphine. Die Sache ist ein für alle Mal geklärt. Es war ein großer Fehler, ich habe das behoben, jetzt sollten wir den Blick auf uns richten, auf unsere Zukunft. Ich möchte nämlich gerne eine Zukunft mit dir haben«, sagt Rob.

Das reicht mir nicht. Warum sagt er mir nicht, ob sie noch in seiner Abteilung arbeitet? Warum ist er schon wieder nicht ehrlich mit mir? Wie soll ich mit Rob heile Familie spielen, wenn er in seinem Büro jeden Tag an dieser Jasmin vorbeilaufen wird? Wer garantiert mir, dass das wirklich vorbei ist?

»Tut mir leid, so läuft das für mich nicht. Mich hat das total verletzt. Ich brauche erst einmal Abstand«, höre ich mich sagen.

Rob antwortet leise. »Ich richte mich nach dir, Seraphine. Du bist die Frau meines Lebens. Ich möchte dich zurückhaben. Ich möchte unsere Kinder mit Vater und Mutter aufwachsen sehen. Ich werde dir den Abstand lassen, den du brauchst.«

Mein Herzschlag ist so laut. Verwunderlich, dass er nicht durchs ganze Haus dröhnt.

»Dann müssen wir ja nur noch unsere Wohnsituation klären.«

Angesichts meines seelischen Zustandes formuliere ich diesen Satz mit erstaunlich fester Stimme und ohne mit der Wimper zu zucken. Rob sieht aus, als habe er schlimme Zahnschmerzen. Er nickt tapfer.

Ein grässliches, würgendes Geräusch hindert uns daran, neue Wohnpläne zu konkretisieren. Es kommt erst aus der Küche, dann hören wir ein Jaulen und Winseln im Flur. Von wegen sein Hundemagen ist wieder okay! Boshihoro hat angefangen zu kotzen. Für den Rest der Nacht sind Rob und ich mit dem kranken Tier beschäftigt.

LEBENSFREUDE

Liebe Seraphine,

wie geht es dir? Ich schreibe diesen Brief bewusst einige Tage nach unserem Treffen. Bist du zur Ruhe gekommen? Mach dir kein schlechtes Gewissen! Es ist in Ordnung, wie unser Gespräch gelaufen ist. Wenn Dinge ans Tageslicht geholt werden, stürmt es eben manchmal. Es war völlig okay von dir, die *Lagune* zu verlassen. Du brauchtest in diesem Moment Abstand. Du alleine musst auch entscheiden, ob du mich noch einmal kontaktieren möchtest. Ein kostenfreier Gesprächstermin in der *Lagune der Leichtigkeit* steht dir noch offen.

Falls dich eine kurze Auswertung unseres Gesprächs interessiert, lies hier weiter: Äußerlich vermittelst du den Eindruck der perfekten Frau, die nach einem genauen Plan lebt. Das ist in Ordnung, wenn es deinem Typ entspricht. Es gibt Menschen, die fühlen sich in einer starken Struktur wohl.

Deinen Erzählungen nach bist du jemand, der das Leben genießen kann. In dir gibt es eine starke Seite, die sich zum Ungeplanten hingezogen fühlt, die das Abenteuer liebt. Deine und Robs Pläne sind bunt, besser müsste ich sagen: Sie waren es einmal.

Für mich sieht es so aus, als hattet ihr das feste Bild einer heilen Familie im Kopf. Ihr habt euch nie gefragt, ob dieses Bild stimmig für euch ist. Gewiss, Robs Affäre ist ein absoluter Vertrauensbruch. Dennoch lässt sich sein Verhalten als »Hilferuf« interpretieren.

Zu der Sache mit deiner Freundin Mina (nein, sie hieß anders, verzeih, wenn ich den Namen vergessen habe) kann ich nur sagen: Für mich sieht es nicht so aus, als sei diese Sache abgeschlossen.

Seraphine, nimm dir alle Zeit der Welt, um zu entscheiden, ob du noch einmal mit mir zusammenarbeiten möchtest. Falls ja, habe ich hier eine Aufgabe für dich:

1.) Guck dir die drei Gegenstände noch einmal genau an.
2.) Ruf dir die dazugehörigen Erinnerungen ins Gedächtnis, Detail für Detail.
3.) Tritt alles in die Tonne! Ja, das meine ich ganz wörtlich. Nimm das Zeug und wirf es in den Mülleimer. Damit hast du das Programm in deinem Herzen auf Reset gestellt.
4.) Fülle die Leere. Für jede weggeworfene Erinnerung suchst du dir etwas Neues, Zukunftweisendes. Einen Plan, einen Gedanken oder ein Gefühl.

Falls du das nicht genau verstehst, kannst du mich auch gerne kontaktieren! Seraphine, finde den Tag, an dem deine Träume tanzen gingen, und beginne, mit ihnen zu tanzen!

Ich wünsche dir alles Liebe!
Deine
Carina

»Mami, warum ist hier überall Glitzer? Auf dem Boden und sogar auf deiner Nase?«

Ich lächle meine Tochter Charlie an, die auf dem flauschigen, weißen Schafwollteppich herumkrabbelt. Sie versucht, den Glitzerstaub aufzusammeln, der aus Carina Blues Briefumschlag gefallen ist.

Ausgerechnet Carina, meine Online-Entspannungstrainerin, hat mir einen Brief geschickt. Nicht nur, wegen ihrer verspielten Handschrift fühle ich mich in frühere Zeiten versetzt. Carina Blue hat ihrem Schreiben glitzernden Staub in silberner und goldener Farbe und kleine Aufkleber mit Ying-Yang-Symbolen hinzugefügt. Das Ganze umgibt einen Hauch von Poesiealbum, obwohl Carinas Worte wieder einmal erstaunlich klar sind und mich ihre Kurzanalysen und Tipps beeindrucken. Manchmal formuliert sie etwas schwulstig und altklug. Doch es steckt viel Wahrheit in diesen Gedanken.

Ihr Vorschlag, meine liebsten Erinnerungsstücke in die Tonne zu klopfen, hat mich ehrlich gesagt erschüttert. Deswegen sitze ich schon seit geraumer Zeit hier auf dem Sofa, lese den Brief in der Dauerschleife und überlege, ob ich es wirklich schaffen werde, die drei Dinge wegzuwerfen. Der Gedanke fühlt sich gar nicht gut an.

Carinas Brief war an diesem Morgen nicht die einzige ungewöhnliche Post. Glücklicherweise ist Rob schon früh am Morgen mit einem Freund zu einer Kanutour aufgebrochen. Der Strauß herrlicher bunter Tulpen, den ein Blumenbote vorhin hier vorbeigebracht hat, hätte mich in schwere Erklärungsnöte gebracht.

Ich habe unser Gespräch vom Wochenende noch

nicht ganz verdaut. Ich habe keine Kraft, auch noch über Blumensträuße und unbekannte Absender diskutieren zu müssen. Zumal sich bei mir immer wieder das schlechte Gewissen meldet. Rob hat mir seine Affäre gestanden. Müsste ich da nicht auch wegen Niklas Klartext reden?

Der Stress mit Baron Buschi hatte am Wochenende erst einmal für ein Ende unseres Gesprächs gesorgt. So konnte ich mit Rob zwar keine Zukunftspläne besprechen, umging aber auch eine Beichte bezüglich Niklas.

Boshihoro, der arme Hund, hat das ganze Wochenende gekotzt. Sonntagnacht kam irgendwann meine Mutter und hat ihn abgeholt. (Sie war mit dem den Ergebnissen von Mashimota und Horst sehr zufrieden. Mashimota hat einen Silberpokal gewonnen. Horst wurde wegen seiner optimalen Fellfarbe und seines exakten Hüftwinkels als bester Nachwuchsrüde prämiert).

Ich habe es nicht übers Herz gebracht, den neuen Blumenstrauß wegzuwerfen. Die Tulpen gefallen mir zu gut. Nur die kleine Botschaft in der üblichen geschwungenen Maschinenschrift habe ich vorsichtshalber gleich abgemacht und geschreddert.

»Du bist der Sonnenaufgang in meinem Herzen«, stand darauf, was ich gleichermaßen kitschig und rührend finde.

Ich muss unbedingt herausfinden, wer der Absender ist. Niklas habe ich immer noch nicht ganz ausgeschlossen. Rein theoretisch könnte mir jeder Blumen schicken, der meinen vollen Namen kennt. Ich muss unbedingt unsere Adresse aus dem öffentlichen Telefonbuch nehmen lassen.

Die Klingel holt mich aus meinen Gedanken.

»Ich mach auf! Nein ich!« Charlie und Antonin rennen gleichzeitig zur Tür und reißen sie mit voller Wucht auf. Ich schlendere langsam hinter ihnen her.

»Seraphine, du lachst ja mal wieder«, begrüßt mich meine Freundin Tessa. Ich fühle mich gerade wirklich etwas erleichtert, was sicherlich an der Aussprache mit Rob und an Carinas Brief liegt.

»Kann ich so gehen?«, frage ich und drehe mich vor Tessa im Kreis. Wir werden mit den Kindern den Freizeitpark besuchen und ich habe mich für eine Kombination aus schlichter blauer Bluse und 70er-Jahre Jeans entschieden. Dazu trage ich weiße Sneaker. Tessa mustert mich von Kopf bis Fuß.

»Steht dir! Das Blau passt unheimlich gut zu deinem kupferroten Haar«, findet sie.

Tessa sieht wie immer flott aus. Dank ihrer schlanken, hochgewachsenen Figur kann sie tragen, was sie möchte. Mit dem kurz geschnittenen blonden Haar wirkt sie sowieso immer schick. Selbst mit der legeren Strickjacke, dem lässigen weißen Shirt und der Leinenhose, die sie für unseren Ausflugstag trägt, ist sie das perfekte Laufsteg-Model.

»Habt ihr alles? Dann kann's ja losgehen!« Tessa ist bester Laune. Charlie und Antonin kichern. Ich schnappe mir meinen roten Wanderrucksack, der mit Ersatzkleidung, Getränken und Proviant bepackt in einer Ecke wartet und spurte mit ihnen die Treppe hinunter.

Unten wuchten wir die Kindersitze aus meinem alten Opel in Tessas cremeweißen Audi. Ich wundere mich immer, wie relaxt sie ist, wenn die Kinder über ihre karamellbraunen Ledersitze klettern.

Tessa hupt übermütig zum Start. Ich genieße die Fahrt auf dem Beifahrersitz, kuschle mich behaglich in das weiche Polster. Vor meinen Augen ziehen die Straßen und Häuser der Stadt vorbei. Bei Tessa brauche ich kein schlechtes Gewissen zu haben, sie möchte zwar keine eigenen Kinder haben, wie sie sagt, man merkt aber deutlich, dass es ihr Spaß macht, ab und zu etwas mit Charlie und Antonin zu unternehmen.

»Das ist ein echtes Freizeitvergnügen für mich. Du tust mir damit wirklich etwas Gutes«, hat sie mir versichert. Diesmal hat sie beschlossen, mich auf den Ausflug mitzunehmen. Normalerweise zieht sie alleine mit Charlie und Antonin los.

»Das wird dir gut tun, glaub mir. Du brauchst einfach mal Ablenkung, Farben, Musik und Zuckerwatte hilft absolut gegen Traurigkeit«, versicherte sie mir.

»Mama, der Heinrich! Guck mal bei dir aus dem Fenster!«

Charlie schreit mir von hinten ins Ohr, damit ich sie verstehe. Denn Tessa hat Kinderlieder eingelegt, auf volle Lautstärke gedreht und rockt dazu. Ich gucke aus dem Fenster und zucke zusammen. Die Ampel steht auf Rot, das Eiscafé auf der rechten Seite, weckt Erinnerungen in mir.

»Die Eismenagerie!«, kreischt Charlie. Ja. Hier haben wir uns oft mit Maura und Heinrich getroffen. Als Rob Charlie dann zum Kinderturnen begleitete, weil ich Abstand zu Maura brauchte, hat er diese Eis-Ess-Tradition nach dem Kurs fortgesetzt.

Jetzt steht dort tatsächlich Heinrich. Ich erkenne ihn auf Anhieb an seinem üppigen dunklen Haarschopf, obwohl ich ihn so lange nicht mehr gesehen habe. Er ist mächtig gewachsen. Noch jemanden erkenne ich. Die Frau in der abgewetzten, blauen Strickjacke, deren Haar in dunklen Locken über die schmalen Schultern fällt, steht mit dem Rücken zu mir. Aber es gibt keinen Zweifel: Das ist Maura!

Der Augenblick ist flüchtig und gleich wieder vorbei. Die Ampel schaltet auf grün, Tessa gibt Gas, sie singt mit Charlie und Antonin lautstark ein Lied vom großen blauen Meer und irgendwelchen Wasserschnecken. Ich tue, als sei nichts passiert. Ist es ja auch eigentlich nicht. Trotzdem hört der Stich in meinem Herzen erst zu brennen auf, als Tessa ihren

Audi elegant in eine Parklücke auf dem Freizeitpark-Gelände gleiten lässt.

Ich bin kein ausgemachter Fan konstruierter Vergnügungswelten, muss aber zugeben, dass sich meine Stimmung beim Duft von Zuckerwatte und gebrannten Mandeln beträchtlich hebt.

Tessa zahlt großzügig Tickets für alle. Charlie und Antonin stürzen sich auf ein buntes Kinderkarussell, bei dem man mit einem Hebel eigenhändig die Figuren nach oben und nach unten steuern kann.

»Feuerwehr!«, ruft Antonin.

»Elefant!«, quengelt Charlie.

Tessa, die immer aufs Ganze geht, findet: »Beides!«

Ich gucke den Kindern zu, wie sie ihre Gefährte mit glückstrahlenden Gesichtern Richtung Wolken steuern. Tessa steht bei den gebrannten Mandeln an. Sie konnte dem Duft nicht widerstehen.

»Ach das ist ja eine Überraschung, hallo!« Den Mann, der mir auf die Schulter tippt, erkenne ich sofort. Trotzdem starre ich ihn an, als sei er ein buntes Zebra, eines im Columbo-Knittermantel. Ich hatte nicht erwartet, ihn hier zu sehen.

»Benno? Was machst du denn hier?« Er deutet auf eine sehr attraktive Frau, in einem schicken braunen Hosenanzug, die ein kleines bezopftes Mädchen auf den Schultern trägt.

»Ach wir sind öfter mal hier. Wir hüten ab und zu Sally, das Kind unserer Freundin Tine. Sie ist alleinerziehend und beruflich öfter mal auf Messen unterwegs. Wir leben seit Kurzem in einer sehr lustigen, na ich nenn' es mal Wohngemeinschaft, auf einem Hofgut. Fanny hat sich das ausgedacht, das ist die Frau dort drüben. Sie betreibt auf dem Gut ein kleines Hotel, außerdem fotografiert sie liebend gerne Karussells und Jahrmarktbuden.«

Er deutet mit einem Kopfnicken auf eine Frau, die in Outdoorhose und karierter Holzfällerbluse mit einer riesigen Kamera vor dem Karussell kniet. Bennos Freundin Agnetha mit dem kleinen Mädchen auf den Schultern lächelt mir zu.

»Mein Liebster übertreibt ein wenig. Eine Wohngemeinschaft ist das nicht. Dafür wäre ich auch gar nicht geeignet. Ich brauche meine eigenen vier Wände. Wir haben uns etwas Schöneres ausgedacht. Wir haben uns auf dem weitläufigen Gelände mit den alten Gebäuden Wohnungen ausgebaut. Jeder hat seinen Freiraum und seine Privatsphäre. Aber es ist auch immer jemand da, wenn man mal Hilfe braucht.«

»Agnetha hat von so einem Projekt immer schon geträumt! Sie und Fanny haben ganz schön Gas gegeben, das alles zu verwirklichen. Derzeit wird auch noch ein Nebengebäude umgebaut, sie möchten noch ein paar Familien aufs Gelände holen«, sagt Benno.

Dann guckt er mich schräg von der Seite an. »Also falls ihr zufällig umziehen möchtet, dann kann ich das nur empfehlen.«

Ich komme nicht zum Antworten, denn Sally zappelt auf Agnethas Schultern und ruft: »Ich möchte ein Eis haben!«

»Ich auch!«, sagt Agnetha.

Benno streicht ihr liebevoll über den Arm. »Geht schon mal, ich komme gleich nach!« Er wendet sich wieder mir zu. »Du kommst wohl nicht mehr zu Carina?«

Ich zucke mit den Schultern und schweige. Wer weiß, was sie ihm erzählt hat. Wahrscheinlich unterliegen Zuhörgurus nicht der ärztlichen Schweigepflicht. »Sie hat mir einen Brief geschrieben«, sage ich schließlich.

»Und?«, möchte Benno wissen.

»Ich weiß nicht. Sie hat mir Ratschläge gegeben.

Klingt alles vernünftig. Aber ich muss mir erst einmal wieder im Klaren darüber werden, was ich will.«

Er mustert mich mit einem kritischen Inspektor Columbo-Blick. »Für diese Situationen kann ich meine Schwester nur empfehlen. Das mit den Traumfängern und dem Chakra-Kram kann ich nicht ganz nachvollziehen. Vielleicht bin ich dafür zu handfest, oder zu fantasielos. Aber Carina besitzt wirklich eine hervorragende Menschenkenntnis. Sie ist die beste Problemlöserin, die ich kenne. Selbst im Blumenladen ihres Mannes ist Carinas Rat geschätzt. Manche Menschen kaufen dort nur ein, um mit ihr zu plaudern.«

»Im Blumenladen?! Ihr Mann hat einen Blumenladen?!« Meine Stimme klingt aufgeregter, als sie sein sollte. Unweigerlich drängt sich mir der Gedanke auf, Carina könne die Absenderin der mysteriösen Blumenpost sein. Wenn das stimmt, warum tut sie das? Was bezweckt sie damit? Ich behalte meine Gedanken für mich und starre Benno entgeistert an.

Er möchte nachfragen, wird aber von seiner Freundin Agnetha unterbrochen, die mit einer Ladung Süßkram zurückgekommen ist.

»Komm mal weiter, Schatz! Dein Eis schmilzt und Fanny will auch noch ein paar andere Motive vor die Linse kriegen.«

Sie lächelt mir entschuldigend zu. »Verzeihen Sie, dass ich so eingreife, aber er quatscht sich immer so fest.«

Ich nicke verständnisvoll und verabschiede mich. Dabei hätte ich die beiden gerne noch über ein anderes Thema ausgefragt. Das, was Benno anfangs von seiner Wohngemeinschaft auf dem Hofgut erzählt hat, hat mein Interesse geweckt. Ich muss ihn unbedingt ein andermal noch einmal darauf ansprechen. Ich habe Sehnsucht nach einem guten Ort.

Ich beobachte Tessa, Charlie und Antonin, die

freudestrahlend auf mich zukommen. Meiner karrierebewussten Freundin gelingt es spielend, sich zu entspannen und den Tag so unbeschwert wie ein Kind zu genießen.

Plötzlich merke ich, dass sich bei mir etwas verändert hat. Zum ersten Mal seit Wochen fühle ich mich wohl und ausgeglichen. Die Herbstsonne taucht die bunte Jahrmarktkulisse in warmes Licht und lässt das Dach des Karussells rot und silbern aufblitzen. Für die nächsten Stunden lasse ich meine Sorgen in den Himmel fliegen.

BLUMENGEHEIMNIS

»Engelein, das wird mir gerade zu viel mit dir. Was machst du mit deinem Leben? Du stellst alles auf den Kopf!«

Herbert legt das Geschirrtuch zur Seite, mit dem er gerade die Latte Macchiato-Gläser abtrocknet, und schlägt in einer theatralischen Geste die Hände über dem Kopf zusammen. Mechthild, die neben ihm gerade einen ihrer köstlichen Buchweizencrêpes backt, mischt sich ein. »Ich finde nicht, dass sie alles auf den Kopf stellt. Im Gegenteil, sie räumt das Chaos auf.«

Herbert seufzt übertrieben laut. »Aufräumen? Erst sucht sie sich die verwirrteste Therapeutin der ganzen Stadt, dann lässt sie sich von einem unbekannten Mann in der Umkleidekabine überrumpeln.«

»Moment!« Ich unterbreche ihn. »Sie hat sich nicht überrumpeln, sondern verführen lassen, nach allen Regeln der Kunst. Und danke, dass ihr von mir ständig in der dritten Person sprecht, obwohl ich vor euch sitze.«

Mechthild grinst. Ich kichere. Seit dem vergangenen Wochenende fühle ich mich besser. Der Ausflug mit Tessa und den Kindern hat mir gutgetan.

Außerdem setze ich mich derzeit mit neuen Wohnideen auseinander. Inspiriert haben mich dazu Benno und vor allem seine Freundin, die Immobilienmaklerin Agnetha. Ihre flüchtige Bemerkung über das Wohnprojekt auf dem Hofgut hat mich ins Nachdenken gebracht.

»Ich war noch nicht fertig, ihr Kicherliesen!« Herbert unterbricht uns in gespielt strengem Tonfall.

Mechthild giggelt weiter, während sie den Crêpe mit Tomaten, Käse und Gewürzen belegt. Er duftet köstlich. Mir läuft das Wasser im Mund zusammen. Aber leider ist diese Großartigkeit nicht für mich, sondern für den Gast an Tisch drei, zu dem Mechthild jetzt geht.

»Ich mache mir übrigens Sorgen um dich, wegen dieses Unbekannten, der dir ständig Blumen schickt. Hoffentlich ist das kein Irrer!« Herbert guckt skeptisch.

Mir wird bei dem Gedanken an den Blumenmann ganz komisch. Inzwischen habe ich einen weiteren Strauß bekommen, mit rosa und pinken Germini. Wieder kam er bei mir zu Hause an und nicht an meinem Arbeitsplatz. Leider macht diese Tatsache den Kreis der Verdächtigen nicht kleiner.

Niklas schwört, er habe nichts mit der ganzen Sache zu tun. Ich habe ihn extra noch einmal darauf angesprochen. »Seraphine, ich finde dich unheimlich attraktiv und bin an dir interessiert. Aber ich respektiere deine Grenzen. Ich weiß, dass du Ruhe brauchst, da würde ich dich nie bedrängen. Und ich habe auch noch nie Blumensträuße verschickt. Ich wusste gar nicht, dass es Blumenboten gibt«, beteuerte er.

Niklas kann ich also von der Liste streichen. Allerdings ist mit Carina Blue eine neue Verdächtige hinzugekommen. Dank Bennos Hinweis auf den Blumenladen ihres Mannes. Möglicherweise lässt sie mir aus therapeutischen Zwecken Blumen zukommen. Das würde sie wahrscheinlich nicht viel kosten.

Dem Strauß lag wieder ein Sinnspruch in geschwungener Schrift bei. »Breite deine Schwingen aus und fliege frei den Himmeln entgegen«, zitiere ich.

Herbert guckt mich an, als sei ich bekloppt. »Dein Mister Mysterium hat zwar einen tollen Blumengeschmack, ein Poet ist er dafür ganz und gar nicht. Das ist ja grausam! Dieser Satz tut einem ja körperlich weh«, kommentiert er den Spruch.

»Vielleicht sind die Blumen einfach von Rob«, beruhigt Mechthild. Sie hat ihren Crêpe inzwischen an Tisch drei gebracht und macht sich gleich an die Produktion eines Neuen.

»Von Rob? Das ist Quatsch. Eine derart einfache Lösung würde momentan nicht in Seraphines Leben passen«, findet Herbert.

Ich nicke düster. »Außerdem ist Rob nicht so der Blumentyp. Selbst zu unserem Hochzeitstag ist er höchstens mal mit einer langstieligen Rose um die Ecke gekommen. Aber Blumenstrauß? Fehlanzeige!«

»Also doch Niklas, vielleicht flunkert er ja«, sagt Herbert.

Ich zucke mit den Schultern. »Glaube ich nicht. Er kam mir ehrlich vor. Was sollte er mit einer Lüge bezwecken?«

Mechthild öffnet den Topf mit der selbst gemachten Nuss-Nugat-Creme, bestreicht den Crêpe damit und lässt sanft Nüsse über ihr Kunstwerk rieseln.

«Denk noch mal nach, Seraphine! Vielleicht hast du jemanden vergessen. Vielleicht ist es jemand, den du bis jetzt noch gar nicht im Blick hattest.«

Ich bin ratlos.

Da ruft Mechthild: „Ich hab die Lösung!« Sie genießt die Spannung, die sich schlagartig zwischen uns verbreitet.

«Sag!«, flüstert Herbert.

Seine Frau guckt mich eindringlich an. «F.

Wischmann, dein Nachbar mit dem Vorschlaghammer!«, flüstert sie dann dramatisch.

Ich breche in schallendes Gelächter aus. «Fred? Niemals! Der ist viel zu herb für Blumensträuße!«

«Bist du dir sicher?«, fragt Herbert.

Ich lasse keine Zweifel zu. Fred Wischmann, so ein Unsinn!

Ausdiskutieren können wir das leider nicht mehr. Mein Handywecker dudelt. Ich muss zur Arbeit aufbrechen.

«Kopf hoch, Seraphine, alles wird gut!«, schickt mir Mechthild zum Abschied hinterher.

Herbert sieht nicht so aus, als glaube er bei mir an ein schnelles Wird-schon-wieder. Doch als er etwas sagen möchte, hält ihm seine Frau einfach den Mund zu.

«Mmmmpfff!«, kommt hcraus.

«Mmmmmpf euch beiden«, grüße ich und mache mich auf den Weg ins Schlafzentrum.

MACHTLOS

Mit jedem Schritt, den ich mich vom *Herr Bert* entferne, wächst meine Verunsicherung. Fred Wischmann, meinen Nachbar mit dem Vorschlaghammer, hatte ich bislang nicht auf die Liste der Verdächtigen gesetzt. Ehrlich gesagt möchte ich ihn auch gar nicht darauf stehen haben. Er ist nett, ja, sehr nett sogar, weil er mir meinen Einbruch in seine Wohnung einfach so verziehen hat. Sogar einen Kaffee hat er mir gekocht. Neulich, als meine Mutter mir Baron Buschi in Pflege gegeben hatte, hatte er sogar angeboten, ich könne mich jederzeit bei ihm ausheulen.

Ich hatte seinen Satz als freundliche Geste verbucht. Aber was ist, wenn er sich mehr davon verspricht? Es wäre ja nicht das erste Mal auf der Welt, dass sich ein Tröster zu einem Liebhaber entwickelt.

Leider ist Fred überhaupt nicht mein Typ. Mit seinem Kopftuch und seinem bulligen Körper wirkt er auf mich immer noch etwas einschüchternd. Rein optisch ist er nicht der zarte Romantiker, der seine Liebste mit Blumen überraschen würde. Andererseits kann ich mich täuschen. Ich täusche mich ja manchmal in Menschen. Oder in Situationen. Ich hätte es auch nie für möglich gehalten, dass Rob mich betrügen würde.

»Den größten Fehler hast du dir bei Maura geleistet«, flüstert plötzlich mein Gewissen.

Und weil du, Maura, dich in diesem Augenblick wieder mal mit voller Wucht in meine Gedanken drängst, vergesse ich Fred Wischmann und mein Blumenproblem. Da gab es diesen einen Moment, indem mir schmerzvoll bewusst wurde, wie sehr ich mich getäuscht hatte, wie blauäugig ich bislang durch die Welt gegangen war. Du Maura, hast innerhalb weniger Minuten meine Illusionen vom Glück zerplatzen lassen, als handele es sich um Seifenblasen.

Ich sehe uns im Park sitzen, an unserem Lieblingsplatz unter der großen Blutbuche, von dem aus wir alles so gut beobachten können. Wir haben Spaß daran, uns die Menschen anzusehen und zu überlegen, wer sie sind und wohin sie gehen. An deinem Gesicht, Maura, sehe ich, dass irgendetwas nicht stimmt, nur kapiere ich nicht, was es sein könnte. Angesichts der Botschaft, die du mir eben überbracht hast, müsstest du genauso freudig zappeln, wie ich das gerade tue.

»Seraphine, du erdrückst mich und mit diesem Bauch bist du auch viel dicker und schwerer als sonst!«

Beinahe mürrisch löst du meine Arme hinter deinem Hals und rückst ein bisschen von mir ab. Verwundert blicke ich dich an. Freude sieht wirklich anders aus. Dabei ist der Nachmittag heute so schön. Wir haben beiden frei, arbeit- und kinderfrei, sitzen gemütlich auf der Wiese und füttern Spatzen mit kleinen Brotkrumen.

Ich hab immer noch nicht begriffen, was los ist, denn nachdem du dich aus meiner spontanen Umarmung gelöst hast, sage ich: »Beschwer' dich mal nicht, du hast bald auch so einen Bauch. Und weißt du was, ich finde das super! Wir werden einen Großteil der Elternzeit zusammen verbringen können, das machen wir uns richtig schön!«

Ich schwelge in diesem Gedanken. Maura, du hast mir eben erzählt, dass du schwanger bist. Fantastisch, da du dir doch so viele Kinder wünschst! Ich freue mich für dich, für Heinrich, der endlich Geschwister bekommt – und ein bisschen auch für mich. Mein Sohn wird in vier Monaten zur Welt kommen und mit deinem Nachwuchs wird er einen fast gleichaltrigen Spielkameraden bekommen. Toll! Doch du wischst meine Freude mit einem Satz unwirsch beiseite.

»Ich werde so einen Bauch nicht haben!«, sagst du leise und bestimmt.

Da merke ich, dass die Situation nicht so ist, wie ich sie eingeschätzt habe. Du siehst ganz ernst aus. So kenne ich dich gar nicht.

»Was ist los?«, frage ich und mir wird seltsam kalt. Ich bin mir gar nicht sicher, ob ich die Antwort hören möchte.

»Ich kann das nicht bekommen, Sera. Das ist nicht der richtige Zeitpunkt«, sagst du.

Ich starre dich schweigend an. Meine Gedanken kreisen um das, was du da eben gesagt hat. Nicht der richtige Zeitpunkt. Gibt es den richtigen Zeitpunkt für ein Kind? Du träumst von mindestens vier Kindern und du bist Mitte dreißig.

»Aber du hast dir das doch so gewünscht«, sage ich hilflos.

Da wirst du zornig. Laut rufst du: »Es geht nicht. Die Beziehung zwischen mir und Thomas ist total schlecht. Er hat überhaupt keine Lust zum Geldverdienen, er zieht immer noch täglich auf Schrottplätzen herum. Jetzt ist er mit Heinrich weggefahren. Zu irgend so einem Künstlertreffen. Ich bin ihm doch mittlerweile sowieso nicht mehr wichtig. Ist mir auch egal!«

Du schnaubst durch die Nase und streichst dir wütend über deinen Bauch.

»Aber du hast einen Job, Maura! Selbst wenn die Beziehung mit Thomas krachen ginge, dann schaffst du das doch. Es gibt viele Alleinerziehende. Das ist sicherlich nicht einfach, aber du bist doch super vernetzt. Du hast doch viel Unterstützung. Ich und Rob sind doch auch noch da!«

Ich rede vor Hilflosigkeit wie ein Wasserfall. Und höre mir dann von dir an, was du schon alles versucht hast. Außerdem ist dein Streit mit Thomas nicht das einzige Problem. Dummerweise läuft auch noch dein Jahresvertrag mit dem Museum in vier Wochen aus. Wenn du dich jetzt schwanger meldest, würde er garantiert nicht verlängert. Klar, du würde erst einmal Elterngeld bekommen. Aber danach? Dann ginge die Jobsuche wieder los. Zwei kleine Kinder machen die Sache dabei nicht einfacher.

Maura, du klingst verzweifelt. »Ich habe sogar beim Kulturamt angerufen und gefragt, ob sie den Vertrag jetzt schon verlängern können. Aber sie wissen noch nicht einmal, ob die Stelle weiterbesetzt wird. Kannst du dir das vorstellen, Sera? Dieses Kindermuseum ist als Sozialprojekt total wichtig und sie wissen noch nicht, ob sie die Stelle weiter besetzen, vier Wochen vor Vertragsende?«

Leider kann ich mir das vorstellen. »Das ist ein Amt. Die müssen erst noch zehn Sitzungen abhalten und zwanzig Formulare ausfüllen«, sage ich resigniert.

Was unter anderen Umständen lustig klingen würde, ist in Wahrheit total tragisch.

Du guckst düster. »Ich habe noch drei Tage Zeit, sagt die Frauenärztin. Sonst ist der Termin für die Abtreibung vorbei. Ich habe mit Thomas gesprochen. Er sagt, er hält sich raus, das ist meine Entscheidung. Er hat keinen Bock auf Diskussionen um Job und Geld. Und dann hat er Heinrich und sein Schweißgerät gepackt und ist einfach weggefahren!«

Ich starre vor mich hin, konzentriere mich auf den Stamm der imposanten Blutbuche zu meiner Linken. Mit den Augen fahre ich das Muster der Rinde nach. Was helfen in diesem Moment Worte, all diese Floskeln die mir durch den Kopf jagen, machen keinen Sinn. Sätze wie »ein Kind kriegt man immer groß« oder »dann gehst du eben zum Sozialamt, ist ja nicht deine Schuld« sind hier fehl am Platz.

Maura lebte jahrelang prekär, sie hat keine Energie mehr für Anträge und Gänge zur Arbeitsagentur. Sie ist intelligent und bestens ausgebildet. Sie möchte ihren Kindern etwas bieten, so wie es die Leute um sie herum auch tun. Das ist absolut verständlich. Finanziellen Rückhalt von ihrer eigenen Familie hat sie auch nicht zu erwarten. Sie ist es ja, die ihre Verwandten in Rumänien mit Geld unterstützt.

Ich spüre die Trauer und die Wut. Wir leben in einem der reichsten Länder Europas. Trotzdem geraten Menschen in diese Lage, ein Kind aus existenziellen Gründen abtreiben zu müssen. Entscheidungsfreiheit ist das nicht.

Weil ich das nicht akzeptieren will, sage ich matt: »Aber das ist dein Kind, Maura!«

Da flippst du aus. »Kapierst du das nicht? Bist du so eine blöde Abtreibungsgegnerin? Gehörst du plötzlich so einer komischen Kirche an, die das verbietet? Mann, dir hätte ich das gar nicht erzählen sollen!«

Ich verteidige mich schwach. »Nein, Maura, nein. Es ist völlig okay, dass das jeder für sich entscheidet. Ich glaube nur, dass es Menschen gibt, die mit so etwas klarkommen, für die das eine Erleichterung ist, und dass es andere gibt, die jahrelang daran kauen. Und ich bin mir nicht sicher, zu welcher dieser Gruppen du gehörst. Du hast dir so sehr ein weiteres Kind gewünscht. Du treibst ein Kind ab, das du dir gewünscht hast. Ich weiß nicht, wie du das verkraften willst.«

Das scheinst du zu verstehen, denn du antwortest mir jetzt viel ruhiger. „Sera, ich verkrafte das schon. Es ist eher so, dass ich das andere nicht schaffen würde. Ich möchte nicht mehr arm sein.«

Ich nicke. So ist es. Ich muss es akzeptieren. Die Welt ist nicht so schön rosig, ist wie ich sie haben möchte.

»Es gibt noch eine Möglichkeit«, sagst du.

»Welche?«

»Vielleicht kommt Thomas früher zurück. Vielleicht bleibt er nicht das ganze Wochenende. Vielleicht denkt er über alles nach und beschließt, sich doch endlich einen festen Job zu suchen, oder sich zu Hause zuverlässig um die Kinder zu kümmern, während ich arbeite, irgendwas.«

Ich nicke, aber tief in meinem Herzen ahne ich, dass Thomas das nicht machen wird, dass du, Maura, vergebens warten wirst. Gleichzeitig ist es der letzte Strohhalm, an den du dich klammern kannst.

Deswegen sage ich nichts mehr dazu, sondern verspreche: »Ich werde mit dir warten, Maura. Und ich werde dir helfen, egal wie du dich entscheidest.«

CARINAS MUTMACH-NEWSLETTER

Betreff: Seraphine, mache heute den ersten Schritt in ein freies Leben

Meine lieben Freunde, liebe Seraphine,
hast du auch diese Momente, in denen dir alles zu viel wird, in denen du denkst, du kannst das Arbeitspensum, das du vermeintlich erfüllen musst, unmöglich schaffen? Vielen Menschen geht es so. Auch ich befand mich jahrelang in einer Mühle. Mein Leben machte mir keinen Spaß. Ich hatte einen langweiligen Job, fiese Kollegen und auch privat lief nicht alles rund. Ich hatte sehr hohe, ja geradezu gnadenlose Ansprüche an mich selbst.

Meine »Rettung« war, als meine Firma pleiteging. Zuerst kam das bei mir einer Katastrophe gleich. Ich dachte, mein Leben sei vorbei. Ich musste mich neu orientieren, stellte mir zum ersten Mal seit langer Zeit wieder Fragen wie: »Was möchte ich? Wovon träume ich? Was würde ich tun, wenn ich keine Rücksicht auf Zeit, Geld und Familie nehmen müsste?«

Durch meine berufliche Krise habe ich nicht nur einen neuen Job gewonnen, sondern ein komplett neues

Leben. Ich mache zum ersten Mal das, was ich wirklich möchte. Meine Arbeit macht mir Freude. Sie ist ein natürlicher Teil meines Lebens. Und vor allem: In meiner *Lagune der Leichtigkeit* kann ich völlig frei arbeiten, meine Vorstellungen so umsetzen, wie ich es für richtig halte.

Falls du nun denkst: Carina Blue hat eben einfach Glück gehabt, dann kann ich dir eine sehr gute Nachricht überbringen: Das war nicht einfach Glück. DU kannst das auch, wenn du das möchtest. DU bist vollständig imstande, dein Leben nach deinen Vorstellungen zu gestalten. Aber:

DAZU MUSST DU DEINE EINSTELLUNG ÄNDERN!

Zumindest wenn du zu den Menschen gehörst, die sich ihrem vermeintlichen Schicksal einfach hingeben.

Durch ein Gefühl des Ausgeliefertseins können Ängste entstehen. Wenn wir uns aus falschem Pflichtbewusstsein zu viele Aufgaben aufladen, geraten wir in Stress. Mach dir bewusst: Du bist kein Opfer, du bist der Schöpfer deines eigenen Lebens!

Viele von uns leben nach versteckten Glaubensmustern, die sich tief in ihrem Unterbewusstsein eingegraben haben. Schablonenartig wird den meisten Menschen übergestülpt, was sie zu denken haben, wie das »richtige« Leben auszusehen hat, was gut und was schlecht ist.

RÄUM DAMIT AUF! MACH DIR KLAR, DASS DU DIE WAHL HAST! ÜBERLEGE, WIE DEIN INDIVIDUELLES, PERFEKTES LEBEN AUSSEHEN WÜRDE!

Dafür darfst du Dimensionen sprengen und Zeit und Raum neu für dich ordnen! Aber Achtung: Das ist kein leichter Weg. Denn von jetzt an entscheidest du dich, Verantwortung für dich selbst zu übernehmen. Das bedeutet im Umkehrschluss, dass du niemand anderem mehr die Schuld geben kannst. Wenn etwas schief läuft, wenn sich der erwünschte Erfolg nicht so schnell einstellt, wie du es dir erhoffst, trägst du allein die Verantwortung dafür. Vertraue dir selbst!

Wenn du beschließt, dein Leben in die Hand nehmen zu wollen, kannst du heute den ersten kleinen Schritt machen. Überleg dir: Was sind deine Träume, deine echten Träume für dieses Leben meine ich. Wenn du zu den Menschen gehören solltest, die ihre Träume gar nicht mehr kennen, dann mache eine Reise in deine Kindheit, in deine Jugend. Überlege, was dir damals wichtig war und was dich als Mensch ausgemacht hat. So kommst du der Bestimmung deines Lebens ein kleines Stück näher.

Ich hoffe, ich konnte dich inspirieren. Schreibe mir deine Gedanken zu diesem Thema, wenn du möchtest.

Ich freue mich!

Herzliche Grüße aus der *Lagune der Leichtigkeit*
Deine Carina

AUFRÄUMEN

»O, bei Ihnen ist wohl Großreinemachen angesagt, oder wie es neuerdings heißt: ‚Kondoen'.«

Gitti, meine Schwiegertochter, erzählt mir immer davon, von dieser Japanerin, Frau Kondo und ihrem Entrümpelungssystem. »Gitti ist großer Fan davon. Aber heutzutage ist das ja auch notwendig, da sammeln sich ja Mengen an. Wir hatten früher nicht so viele Dinge.«

Meine Nachbarin, Frau Berger, sieht mir wohlwollend zu, wie ich meine drei Müllsäcke in den großen Container im Hof werfe, und befördert ihre kleine Abfalltüte in die Hausmülltonne daneben.

Carinas Brief und ihr Vorschlag, meine drei Erinnerungsstücke in die Tonne zu treten, haben mich tatsächlich zu einer größer angelegten Entrümpelungsaktion animiert. Ich hatte mich nach einigem Nachdenken dazu entschlossen, Carinas Aufgabe anzunehmen, die drei »Erinnerungsstücke« zu packen und wegzuwerfen.

Zugegebenermaßen hatte ich ein wenig Furcht davor. Doch Carinas Tipp, mir noch einmal alle Erinnerungen vor Augen zu führen, hat mir dabei geholfen. Es hat mir Freude gemacht, noch einmal gedanklich die Suche nach dem Sonnenuntergang und meine abenteuerliche Wanderung in Spanien zu durchleben. Die Erinnerung an das Kirschenpflücken war schmerzlich, weil sie immer noch mit Maura verbunden ist, mit diesem Moment, als wir lachend durch die Straßen liefen und es nichts zu geben schien als Freiheit und Sonne und uns. Ich bin ein wenig stolz, weil es mir gelungen ist, mich dieser Erinnerung trotzdem zu stellen. Danach konnte ich mich gut von den Dingen trennen. Es sind Gegenstände, nichts weiter.

Der Eimer vom Kirschenpflücken war kaputt und an der leeren Plastikflasche lag mir sowieso nichts. Das silberne Armband habe ich nicht weggeworfen, sondern aussortiert. Ich werde es Charlie zum Geburtstag schenken und ihr vielleicht irgendwann, wenn sie erwachsen ist, die Geschichte mit dem Sonnenuntergang erzählen.

»Schicken Sie mir Charlie und Antonin morgen wieder zum Spielenachmittag vorbei?«, fragt Frau Berger neben mir.

»Gerne!« sage ich.

Frau Berger strahlt. Die alte Dame ist wirklich Gold wert. Meine Kinder lieben sie. Sie ist der beste Omaersatz, den ich mir vorstellen kann.

Robs Eltern verbringen die meiste Zeit in ihrer Finca auf Mallorca, meine Eltern haben mit ihren Hunden genug um die Ohren. Frau Berger bietet den Kindern eine heile Welt mit Kakao, selbst gebackenem Kuchen, mit Spielen und Liedern.

Wir gehen gemeinsam zurück ins Haus. Ich winke ihr an der Tür zum Abschied. In der Wohnung angekommen, stoße ich einen Seufzer der Erleichterung aus. Entrümpeln fühlt sich wirklich gut an. Die Räume wirken ganz anders. Rob und ich tendieren beiden dazu, jede freie Ecke mit Gegenständen zu füllen. Dabei ist es so angenehm, Leere zuzulassen.

Meine Aufgabe ist damit allerdings noch nicht beendet. Im Gegenteil: Mir steht ein weiterer schwieriger Teil bevor. Nachdem ich meine drei Gegenstände entsorgt, den symbolischen Akt des Loslassens hinter mich gebracht habe, möchte ich das Freigewordene mit Neuem füllen, Pläne für die Zukunft schmieden. Auch darüber habe ich mir Gedanken gemacht. Anstelle des Sonnenuntergangs mit Rob soll nun die Suche nach einem neuen schönen Ort stehen. Ich liebe diese Wohnung. Aber ich brauche eine Veränderung, das spüre ich ganz deutlich.

Neulich im Freizeitpark hat Benno mir von dem Wohnprojekt auf dem Hofgut erzählt. Das hat großes Interesse in mir entfacht. Das Gut scheint irgendwo hier in der Nähe zu sein. Carina Blue hatte erwähnt, ihr Bruder habe sich extra einen neuen Arbeitgeber gesucht, um nicht immer 40 Kilometer pendeln zu müssen. Leider hat Benno kein Facebook-Profil, sonst hätte ich ihn längst kontaktiert. Vielleicht werde ich Carina bitten, den Kontakt herzustellen.

Wie es mit meiner Beziehung weitergehen soll, weiß ich immer noch nicht. Ich bin mir über meine Gefühle mit Rob nicht im Klaren. Es tut immer noch zu weh, was er mir angetan hat. Andererseits habe ich ihm mein Abenteuer mit Niklas in der Garderobe bislang nicht gebeichtet, es steht also wieder einmal etwas Unausgesprochenes zwischen uns. Mittlerweile bin ich der festen Überzeugung, dass ich eine räumliche Trennung brauche, um überhaupt Klarheit zu bekommen. Vor dem Gespräch, das ich mit Rob diesbezüglich führen muss, graut mir jetzt schon.

Es klingelt. Gedankenversunken drücke ich den Türsummer. Um diese Zeit kann das sowieso nur ein Paketbote sein. Wahrscheinlich wird er mich bitten, ein Päckchen für die Nachbarn anzunehmen. Ich habe ein

Talent dafür, meine eigene Post ständig zu verpassen und meistens zu Hause zu sein, wenn für jemand anderen etwas abgegeben wird.

Ein Typ in abgeschabter grüner Daunenweste stapft die Treppe nach oben. Mir wird flau im Magen, als ich sehe, was er dabei hat. Zumindest bin ich mir in diesem Moment sicher, dass diese Ware garantiert für mich ist.

Der Mann grinst gut gelaunt. »Hallo junge Frau, na da haben Sie aber ein Glück! So ein wundervoller Strauß! Da muss Sie aber einer sehr, sehr gerne haben!« Ich starre den imposanten Blumenstrauß aus Lilien, Nelken und Gerbera an, den er mir mit einem Strahlen überreicht.

»Jetzt sind Sie aber überrascht was? So was bekommt man ja auch nicht alle Tage! Meine Frau würde neidisch werden, aber ich kann mir so ein Gebinde gar nicht leisten. Einen wunderschönen Tag wünsch' ich Ihnen!«

Er winkt mir zu und lässt mich mit meinem duftenden Geschenk im Treppenhaus stehen. Ich höre wie seine Schritte im Gang hallen. Unten schlägt die Haustür zu. In Zeitlupe biege ich die Blüten auseinander, weil dazwischen wieder eine Karte herausspitzt.

»Ich würde Millionen Jahre warten, um dich ein paar Sekunden zu sehen.«

Ich starre den Spruch an, dann die Blumen. Mir ist zum Heulen zumute. Was soll dieser Mist? Ich habe keine Nerven für so etwas! Mit der Angst kommt plötzlich die Wut. Mir reicht es! Ich werde mich nicht länger foppen lassen! Niklas hat mir glaubhaft versichert, er habe mit der Sache nichts zu tun. Dann werde ich jetzt systematisch vorgehen und meine anderen Verdächtigen befragen! Ich werde umgehend damit anfangen!

Mit plötzlicher Entschlossenheit ziehe ich die Tür

hinter mir zu und renne die Treppe hinunter zu Fred Wischmann. Mein Zorn wächst mit jedem Schritt.

»Wenn er dahintersteckt, dann kann er was erleben!«

Weil nach dem ersten Klingeln keiner öffnet, klopfe ich mit der Faust ungeduldig an Freds Wohnungstür. Endlich höre ich ein Klappern in der Wohnung.

»Ja, Moment, ich komm ja schon!«

Die Tür geht auf, vor mir steht Fred. Er ist nackt bis auf ein weißes Saunahandtuch, das er sich um die Hüften geschlungen hat. Wasser tropft von seinem Körper und rinnt ihm die Beine herunter auf den Boden, wo es langsam eine kleine Pfütze bildet.

»Ach, hallo Seraphine, möchtest du mir Blumen schenken? Mein Geburtstag ist doch erst nächsten Monat.«

Mist. Ich hatte in der Eile gar nicht mehr an den Strauß gedacht, den ich immer noch in den Händen halte wie eine Braut an ihrem Hochzeitstag. Ich tue auf cool.

»Sehr witzig Fred. Ich muss dringend mit dir reden!«

Er nickt, macht eine einladende Geste in seinen Flur. »Dann komm rein! Ich habe Zeit. Ich bade gerade.«

Das ist mir auch schon aufgefallen. Ich folge dem tropfenden Mann in seinen Flur. Er geht an der Küche vorbei, schnurstracks ins Badezimmer. Dort lässt er einfach das Handtuch von seinen Hüften fallen und steigt zurück in die Wanne.

»Leider gibt es hier nur diese Sitzgelegenheit, aber du kannst gerne Platz nehmen!«, sagt er und deutet auf die Toilette mit dem geschlossenen Deckel. Es scheint ihn nicht zu stören, dass ich in seine Badestunde geplatzt bin. Also beschließe ich, mich auch nicht weiter stören zu lassen und setze mich immer noch wutschnaubend auf den Klodeckel.

»Mach mal Wasser ins Becken, dann kannst du die Blumen reinlegen, die verwelken doch sonst, die Armen!«, befiehlt Fred.

Ich beuge mich zum Waschbecken hinüber, lasse es volllaufen und lege den Strauß hinein. Fred planscht zufrieden im Wasser und spielt mit einem Seifenstück.

»Sag mal, kannst du vielleicht etwas Badeschaum verwenden?!« Ich werfe einen Blick auf seinen runden haarigen Körper.

Wir haben immer noch nicht geklärt, ob der Mann etwas von mir will. Deswegen ist es mir irgendwie unangenehm, ihn nackt zu betrachten. Er zuckt mit den Schultern.

»Tut mir leid. Ich hab' keinen Badeschaum.«

Hat er wirklich nicht, er wäscht sich mit Seife. Fred ist nicht der Typ, der sich irgendetwas Überflüssiges in die Wohnung stellen würde. Das Bad ist genauso spartanisch eingerichtet wie die übrigen Räume. Es gibt ein kleines Regal für Handtücher und Kosmetikartikel. Über dem Waschbecken hängt ein Spiegelschrank. Farben, Deko und zusätzlicher Schnickschnack sind nicht vorhanden. Eine Tür gibt es auch nicht, wie mir jetzt auffällt. Durch den offenen Rahmen kann ich in den kahlen Flur blicken.

»Ist dir nicht kalt, so ohne Tür?«, frage ich Fred.

Der guckt entschuldigend. »Ach frierst du? Das tut mir leid. Ich brauchte die Tür, weil ich etwas ausprobieren musste, für das Museum, aber inzwischen ist sie wieder hier. Ich hol sie dir schnell.«

Er erhebt sich tropfend aus der Wanne. Er steigt über das Handtuch, das immer noch zerknüllt am Boden liegt, da wo er es vorhin fallen gelassen hat, und läuft in den Flur hinaus. Das Wasser rinnt ihm vom Körper und hinterlässt eine nasse Spur. Es dauert keine Minute. Mit der Tür in den Armen kommt Fred zurück. Während er sie einhängt, splitternackt, wie er ist, mache ich lieber die Augen zu und gucke erst wieder hin, als ich es plätschern höre. Fred macht es sich in der Wanne wieder gemütlich.

»So. Jetzt erzähl' mal, was du auf dem Herzen hast?«, fordert er mich auf.

Ich atme tief durch, dann erzähle ich ihm die Geschichte von den Blumen und dass er sich im Kreis der engsten Verdächtigen befindet.

»Bist du das? Ich meine, du weißt ganz genau, wo ich arbeite. Du könntest sie an beide Adressen geschickt haben! Ich finde das übrigens total bescheuert, mich so zu bedrängen!«

Fred grinst. »Und das macht mich jetzt verdächtig, weil ich weiß, wo du arbeitest? Na du bist ja ne Superdetektivin!«

Ich gucke ihn hoffnungsvoll an. »Bist du's denn?«

Da bricht er in dröhnendes Gelächter aus, das Badewasser bebt. »Huaaaaahaaaaaa, das ist jetzt wirklich lustig. Ich soll ein anonymer Blumenmann sein?! Nein, Mädchen, da muss ich dich enttäuschen! Ich bin nicht der Mann, den du suchst. Ich habe damit nichts zu tun!« Er holt tief Luft. »Mir sind Blumen ehrlich gesagt wichtiger als Frauen. Ich bin dagegen, armen Pflanzen die Wurzeln abzuschneiden. Blumen gehören in die Natur, nicht in die Vase, meine Meinung!«

Das beruhigt mich ein wenig. Er ist nicht der, der mich mit Geschenken bedrängt. Im Gegenteil: Er hat auch noch Achtung vor der Natur und mag keine Vasenblumen. Fred erstaunt mich immer wieder. Er hat einen Körper wie ein Riese, auf den ersten Blick traut man ihm gar nicht zu, dass er so behutsam mit den Dingen umgeht. Ich bin erleichtert, die Sache geklärt zu haben, auch wenn mein Rätsel um den unbekannten Absender immer noch nicht gelöst ist.

»Lebst du deswegen alleine, weil du dir nicht so viel aus Frauen machst?«, frage ich.

»Mädchen, versteh' das nicht falsch, ich mag Frauen gerne. Aber ich bin ein harmonischer Typ. Ich mag kein Gezanke und keine Diskussionen. Ich lebe gerne in meinem eigenen Takt. Ich habe im Laufe der Zeit gelernt, dass ich mit mir selbst am besten auskomme. So wie ich jetzt lebe, bin ich glücklich. Das passt zu mir.«

Ich beneide Fred, weil er so genau weiß, was er möchte.

»Ich werde dich dann mal in Ruhe weiterbaden lassen«, sage ich und erhebe mich vom Klodeckel.

Er streckt seine nasse Hand aus der Wanne. »Auf bald, Mädchen! Mit dir plaudere ich immer wieder gerne!«

Als ich schon im Flur stehe, ruft er mir hinter der angelehnten Badtür zu. »Dein Blumenstrauß liegt noch im Waschbecken!«

»Kannst du behalten! Ist sogar ein Superspruch dabei«, rufe ich zurück, bevor ich die Wohnungstür hinter mir zuziehe.

KINDERKRAM

»Mama, Antonin, versucht mal, eure Schatten zu fangen!«, ruft Charlie.

Wir laufen durch den Park zum Spielplatz. Die Spätsommersonne malt unsere Schatten auf den Boden. Charlie, Antonin und ich hüpfen und lachen. Natürlich erwische ich meinen Schatten nicht. Wenn ich renne, wird er mit mir schneller. Außer Puste bleibe ich schließlich stehen.

»Keine Chance Charlie, das schaffe ich nicht!«

Charlie verzieht zufrieden die Mundwinkel, dann verkündet sie triumphierend: »Es ist ganz einfach! Geh' einfach aus der Sonne, dann hast du gewonnen!«

Antonin ist diese Superlösung egal. Er springt lachend weiter, seine blonden Haare leuchten im Sonnenlicht. Diese Kombination aus Energie und grenzenloser Leichtigkeit hat er von Rob, genauso wie den athletischen Körper. Antonin hat Kraft ohne Ende. Er ist erst drei, aber er klettert auf dem Spielplatz mühelos seiner flinken und geschickten Schwester hinterher.

Ich setze mich auf eine Bank und beobachte die

beiden, wie sie das Klettergerüst erkunden. In unserer Stadt gibt es viele Kinder, jetzt am Nachmittag ist der Spielplatz voll.

Ich bin zum ersten Mal seit Langem etwas entspannt. Seit Carinas Brief und meiner Aufräumaktion fühle ich mich tatsächlich befreiter. Es hat mir gut getan, meine Vergangenheit in die Tonne zu treten. Jetzt kreisen meine Gedanken um die Zukunft, allein dafür muss ich Carina dankbar sein, auch, wenn ich meine neuen Pläne bislang noch nicht konkretisiert habe.

Die Idee mit dem Umzug in das Hofgut kann ich schon deswegen nicht verfolgen, weil ich mich immer noch nicht traue, mich bei Carina zu melden. Nur sie kann mir den Kontakt zu Benno vermitteln. Aber ich fühle mich immer noch unbehaglich, weil ich mich ihr gegenüber so schrecklich verhalten habe. Ich habe sie angeschrien, weil mich ihre Worte mitten ins Herz trafen. Klar ist das so: Meine Beziehung war schon vor Robs Affäre nicht mehr auf rosa Wolken gebettet. Die Sache mit Maura hat mich mehr mitgenommen, als ich es mir eingestanden habe. Ich hatte den Kummer um unsere zerbrochene Freundschaft nicht verarbeitet, sondern einfach in die hinterste Schublade in meinem Kopf verbannt.

Ich muss Carina außerdem dringend fragen, ob sie hinter den Blumenlieferungen steckt. Seit ich Niklas und Fred ausschließe, ist mein Kreis der Verdächtigen beträchtlich geschrumpft.

Auf charmante Art und Weise werde ich in die Wirklichkeit zurückgeholt.

»Hallo, das ist ja eine Überraschung!«

Da ist er. Es ist so einfach. Er setzt sich neben mich auf die Bank. Sein Lächeln lässt Schmetterlinge in meinem Bauch flattern. Ich wehre mich nicht dagegen. Ich fühle mich wohl mit ihm. Wie immer fällt es mir leicht, Niklas' Nähe zuzulassen. Er ist auf selbstverständliche Art einfach da.

»Was machst du denn hier?«, frage ich ihn. Er deutet auf ein kleines dunkelhaariges Mädchen, das eine imposante Sandburg mit Steinchen, Blättern und Stöcken verziert.

»Haben wir gerade gebaut«, sagt Niklas.

Ich kichere, weil er dabei so stolz aussieht. Jetzt guckt die Kleine und läuft auf uns zu, ihre Zöpfe wippen fröhlich, ihr Gesicht strahlt.

»Papa! Komm' und hilf mir!«

Sie ist wirklich süß. Bis auf die dunklen Haare ist sie Niklas wie aus dem Gesicht geschnitten. Altersmäßig schätze ich sie auf vier bis fünf Jahre, irgendwo zwischen Charlie und Antonin.

»Ich bin gleich bei dir, bau' doch schon mal weiter«, sagt Niklas. Das Kind flitzt wieder in den Sandkasten.

»Das ist Amalia, meine Tochter.«

Ich muss schlucken und schelte mich selber dafür. Ich kann nicht erwarten, dass Niklas sein ganzes Leben nur auf den Moment mit mir in der Garderobe hingefiebert hat. Natürlich gibt es andere Frauen in seinem Leben. In meinem Leben gibt es schließlich auch einen anderen Mann.

Es kann mir auch egal sein, ich will ja nichts von ihm. Die Sache ist abgeschlossen.

Also sage ich cool: »Ich wusste gar nicht, dass du eine Tochter hast.«

Leider kann Niklas offenbar meine Gedanke lesen.

»Seraphine, falls du das wissen willst: Nein, ich bin nicht geschieden. Ich lebe auch nicht getrennt, beziehungsweise lebe ich schon immer getrennt, wenn man es genau nimmt.«

Ich gucke ihn verständnislos an. »Kapier' ich nicht.«

Er erklärt: »Ich liebe Kinder. Aber die richtige Frau, mit der ich mir vorstellen kann, eine Familie zu gründen, ist mir bislang nicht über den Weg gelaufen. Dafür habe ich über Freunde Sophia kennengelernt. Sie arbeitet im Gesundheitsmanagement, wollte auch unbedingt Kinder, hatte aber keinen Mann.«

»Und da habt ihr euch auf so eine Art Co-Parenting geeinigt«, vermute ich.

Niklas nickt. »Ja. Wir teilen uns sozusagen die Elternschaft. Wir haben klare Regeln aufgestellt, das funktioniert glücklicherweise ganz gut.«

Niklas' Familienmodell interessiert mich. Ich möchte unbedingt mehr darüber wissen. Ich stelle mir das nicht so einfach vor, sich mit einem fast fremden Menschen über die Erziehung eines Kindes zu einigen. Das ist ja schon bei Rob und mir mit Diskussionen verbunden.

»Und wie macht ihr das mit eurer Tochter?«, frage ich. „Wo wohnt sie denn?«

Eine Antwort erhalte ich nicht, denn vom Sandkasten her ertönt ein Schrei. Er kommt von Amalia.

Niklas springt auf. »Ich glaub' mir platzt das Ohr!«

Ich renne hinterher. Denn bei dem blonden Jungen, der gerade dabei ist, die Stöcke aus der Supersandburg zu ziehen, handelt es sich leider um meinen Antonin.

Amalia heult, sie versucht Antonin die Stöcke wegzunehmen, aber er hält sie mit aller Gewalt und einem überaus frechen Grinsen weiter umklammert. Ich muss gar nichts machen, denn Niklas schafft es mit seiner ruhigen Art, Frieden zwischen den Kindern herzustellen.

Er wendet sich an Antonin. »He! Du bist wohl Bob der Baumeister!? Wir brauchen noch mehr Stöcke! Wir haben unsere unter den Nussbäumen dort drüben gefunden. Wäre super, wenn du noch mehr bringst. Dann können wir noch eine Zugbrücke bauen.«

Zu meinem Erstaunen sprintet Antonin los, holt neue Stöcke und Blätter. Dann setzt er sich ruhig zu Niklas und Amalia in den Sandkasten und baut. Ich helfe mit. Irgendwann kommt auch noch Charlie zu uns. Wir sitzen zu fünft im Sand, plaudern und lachen und bauen die größte Burg, die dieser Spielplatz je gesehen hat.

BAUMGEFLÜSTER

Die melancholische Stimmung überfällt mich auf dem Heimweg. Charlie und Antonin ziehen zufrieden zwei riesige Äste hinter sich her. Sie befinden sich in dieser ausgeglichenen Müdigkeitsstimmung, die Kinder nach einem sonnigen Tag im Freien überkommt. Ich sollte mich freuen, weil es ihnen so gut geht. Stattdessen nagt die Traurigkeit an mir. Zu einem perfekten Nachmittag wie heute hätte doch eigentlich Rob gehört, der Vater meiner Kinder, nicht Niklas, den ich kaum kenne.

Aber mit Rob sind solche wunderbaren Nebensächlichkeiten, wie Sandburgen bauen auf dem Spielplatz, nicht gut zu machen. Er ist ein super Organisator und immer bereit für abenteuerliche Urlaube oder Tagestouren. Kleine Dinge zwischendurch langweilen ihn dagegen. Ich habe bislang nie darüber nachgedacht. Die Erkenntnis, dass mich das stört, kommt plötzlich und mit voller Wucht.

»Mama, kann ich einen Apfel haben?«

Antonin erwartet keine Antwort, er hat sich bereits an meiner Umhängetasche festgeklammert und wühlt darin herum. »Da ist ja einer!«

Für Charlie fische ich einen zweiten Apfel aus meiner Tasche. Ich betrachte die beiden, wie sie zufrieden kauen. Ich möchte mich von meinen düsteren Gedanken ablenken. Das gelingt mir nur kurz.

Ausgerechnet jetzt kommen wir an dieser Bank unter den Blutbuchen vorbei, unserem Lieblingsplatz, Maura. Und da drängelst du dich wieder in meine Gedanken. Wir saßen hier oft, lachten und redeten. Wir hatten ein gemeinsames Talent zum Unbeschwertsein. Auch an jenem tragischen Nachmittag klammerten wir uns mit aller Kraft daran fest, gaukelten uns eine heile Welt vor und jagten die traurigen Gedanken fort.

Ich zumindest schickte deine Worte in die Wolken und hoffte wohl, sie würden einfach mit ihnen davonziehen.

»Ich bin schwanger und werde das Kind nicht behalten!«, hattest du verkündet.

Wirtschaftlich sahst du dazu keine Möglichkeit. Du warst zu diesem Zeitpunkt die Hauptverdienerin der Familie. Dein Mann scherte sich nicht ums Geldverdienen. Ab und zu nahm er Gelegenheitsjobs an. Durch die Schwangerschaft hättest du deine Arbeit verlieren können. Du hattest mit Thomas gesprochen und ihn gebeten, entweder einen sicheren Job zu suchen, oder aber zuverlässig zu Hause zu sein, während du arbeitest. Er fühlte sich dazu nicht in der Lage. Stattdessen flüchtete er sich mit eurem Sohn Heinrich zu einem Künstlertreffen. Und dir, Maura, lief die Zeit davon.

»Montag ist die letzte Gelegenheit für die Abtreibung.«

Ich starre auf die Blutbuche, wie an jenem Tag, als ich von deinen Plänen hörte. Ich war zu diesem Zeitpunkt selbst im fünften Monat schwanger. Ich nehme Antonin kaum wahr, der mir seinen angebissenen Apfel in die Hand drückt.

»Schaffe ich nicht mehr.«

Ich beiße in das süße Fruchtfleisch. Die Blätter rauschen im Wind wie damals, als wir dort saßen, Maura. Sie flüstern mir die Gedanken ein. Du hattest schon alles vorbereitet, das Beratungsgespräch hinter dich gebracht und mit der Ärztin den Termin ausgemacht. Du spieltest auf Zeit.

»Vielleicht kommt Thomas früher zurück, sagt, er wolle das Kind haben und sucht sich einen Job.«

»Seraphine, du hattest es versprochen«, flüstern die Blätter.

Ja, so war das. Ich hatte versprochen, mit dir zu warten, Maura. Ich hatte versprochen, dich zu unterstützen, egal wie du dich entscheiden würdest.

»Ich habe sie nicht alleine gelassen, wir haben das ganze Wochenende gemeinsam verbracht«, verteidige ich mich stumm.

Die Blätter rauschen mahnend. Es ist für mich nicht leicht, diese Bilder heraufzubeschwören, weil ich sie gedanklich dreimal umwickelt und fest verschnürt habe. Aber dann sehe ich uns bei dir im Garten sitzen. Charlie habe ich bei Rob gelassen. Er fragte zum Glück nicht viel. Er schien instinktiv zu spüren, dass es sich um eine Art Notfall handelte. Das Wetter versprüht trotzig gute Laune und lässt die Sonnenstrahlen vom Himmel brennen als sei es tiefster Sommer. Ich versuche, die sanften Schwingungen der Hollywoodschaukel zu genießen, schaffe es aber nicht, das mulmige Gefühl in meinem Inneren zu verbannen. Irgendwie ahne ich, dass diese Sache nicht gut enden wird.

Die Nachbarin Leonore, eine zufriedene Singlefrau mit einem fast erwachsenen Sohn, schaut immer wieder bei uns im Garten vorbei. Sie weiß Bescheid, was etwas Last von meinen Schultern nimmt. Äußerlich wirken wir wie drei Menschen, die ein fröhliches Wochenende verleben. Wir kochen gemeinsam und plaudern. Innerlich gehen wir auf Watte. Das Thema Kinder klammern wir aus. Angesichts meines unübersehbaren Babybauches ist das eine reife Leistung. Die Zeit zerrinnt uns zwischen den Fingern. Je mehr Stunden verstreichen, in denen Thomas nicht auftaucht, desto mehr, scheinst du dich mit deinem Entschluss abzufinden, Maura. Du beruhigst mich, obwohl ich gar nichts gesagt habe.

»Seraphine, mach dir mal keine Gedanken. Für mich ist das nur jetzt schwer, danach wird es eine Erleichterung sein.«

Ich verstehe deine Sichtweise. Du musst dich gegen das Kind entscheiden, um nicht wieder beim Sozialamt zu landen.

»Du fühlst dich schrecklich, Prinzessin!«, flüstern die Bäume. »Du schämst dich immer noch!«

Für einen kurzen Moment registriere ich wieder die Wirklichkeit. Charlie und Antonin stehen auf dem sandigen Parkweg. Sie lachen sich über einen von Charlies neuesten Witzen schlapp. Ich tauche gleich wieder ab.

Ja, mit der Erkenntnis, dass du nicht anders handeln kannst, Maura, kommt gleichzeitig die Scham. Ich bin ja schwanger. Für mich ist es glasklar, dass ich mein Kind behalten werde. Ich muss mir diese Frage nicht stellen. Ich habe einen zuverlässigen Mann, einen sicheren Job und Eltern, die mich im Zweifelsfalle unterstützen.

Ich sehe mich in dieser Hollywoodschaukel sitzen mit meinem Babybauch. Seraphine, Anwaltstochter, Karrierefrau und doppelt Prinzessin. Der Satz »ein Kind kriegt man immer groß« kommt einem mit diesem Hintergrund leicht über die Lippen. Und neben mir sitzt du, Maura, und hast das alles nicht. Weil du in einem Land geboren bist, indem ein irrer Diktator die Menschen jahrelang so drangsaliert hat, dass sie bis heute nicht richtig auf die Beine kommen. Weil du von einem Flecken Erde stammst, in dem es nicht einmal genug Teer für die Straßen gibt und in dem Eltern ihre Kinder verlassen müssen, um Tausende Kilometer weit weg arbeiten zu gehen. Ungerechtigkeit fühlt sich immer schlecht an, auch wenn man auf der Gewinnerseite sitzt.

»Ich werde medikamentös abtreiben, mit dieser Pille«, sagst du sachlich. Du baumelst mit den Beinen, als hätten wir eben entschieden, Pizza statt Spaghetti zu kochen. Ich nicke. Doch in diesem Moment weiß ich, ich werde es nicht schaffen, dich zu unterstützen. Ich hatte mir fest vorgenommen, mit dir zur Ärztin zu gehen, bei dir zu sein, wenn die Blutung einsetzt. Doch ich kann es nicht. Ich bin im fünften Monat schwanger, mein Babybauch ist unübersehbar. Ich freue mich wahnsinnig auf meinen Sohn. Wie soll ich da eine Hilfe bei einem Abbruch sein?

Gleichzeitig kommt plötzlich die Angst, der Kummer über deine Situation würde mein ungeborenes Kind belasten.

Komischerweise ist es nicht schwer, Maura, dir das mitzuteilen. Du siehst mir an, dass ich nicht mit dir mitgehen kann. Du fragst nichts und forderst nichts ein. Das macht diesen Moment für mich besonders furchtbar. Du sagst einfach: »Sera, mach' dir keinen Stress, ich schaffe das schon. Ich werde morgen alleine zu dem Termin gehen.«

Die Erinnerung nimmt mich an diesem Abend völlig gefangen. Nachdem ich die verschnürten Päckchen in meinem Kopf ausgewickelt habe, fließen alle diese Bilder heraus. Sie verfolgen mich, als ich mit Charlie und Antonin unsere Wohnung betrete, sie lauern in meinem Kopf, als ich Rob begrüße. Sie begleiten mich später auf dem Weg zur Arbeit.

Es gibt Momente, die alles zerstören. Ich weiß bis heute nicht, wie ich die Freundschaft zu Maura hätte retten können.

Später bei der Arbeit klammere ich mich an die klaren Abläufe, an die Zahlen auf meinem Rechner. Trotzdem kommen die Bilder wieder, egal wie konzentriert ich auf den Bildschirm starre. Schließlich wehre ich mich nicht mehr dagegen.

Maura. Du bist allein in diesem Moment. Mit der Unterstützung deines Mannes hast du sowieso nicht gerechnet. Auch ich bin nicht bei dir, als du die Pillen schluckst. Sicherlich gibt es da andere Menschen, du bist so kontaktfreudig. Aber sie sind nicht so nah an dir dran, wie Thomas und ich.

Abtreiben ist einfach. Das Medikament unterbindet die Versorgung des Embryos im Mutterleib, er stirbt daraufhin ab und wird etwas später vom Körper ausgestoßen.

Maura, du sitzt im Wartezimmer. Ich starre zur selben Zeit wie betäubt auf die Suchergebnisse im Internet, lese Erfahrungsberichte von Frauen. Sie erzählen von starken Blutungen, von körperlichen und seelischen Schmerzen. Die meisten sind sich ihrer Entscheidung sicher, trotzdem ist das eine Extremsituation. Wie geht es dir?

Die ersten Stunden nach der Pilleneinnahme sind schwer, weil du voll mitbekommst, wie der Embryo in deinem Bauch abstirbt. Dann wird es leichter. Das blutige Etwas, das ins Klo fällt, ist höchstens so groß wie ein Gummibärchen, ein Zellhaufen, aus dem theoretisch ein Kind hätte werden können, der aber optisch nicht daran erinnert. Maura, du hattest dir immer vier Kinder gewünscht. Und jetzt spülst du Embryo Nummer Zwei aus wirtschaftlichen Gründen im Klo herunter.

»Seraphine, alles in Ordnung mit dir? Du siehst so blass aus!« Ich zucke zusammen, bin dankbar, als unser Praktikant Patrick mich in die Wirklichkeit zurückgeholt hat.

Er sieht mich besorgt an. Anscheinend zeichnen sich die quälenden Erinnerungen in meinem Gesicht ab.

Er schlägt vor: »Geh mal eine Runde frische Luft schnappen, ja?! Ich übernehme so lange für dich!«

Er wartet keine Antwort ab, sondern schiebt mich auf meinem Drehstuhl sanft beiseite und macht es sich vor dem Rechner bequem. Ich ziehe mir meine Jacke an, gehe über den stillen Flur und trete durch die halb geöffnete Schiebetür auf die Terrasse. Kühle Luft umfängt mich. Jetzt im Herbst sinken die Temperaturen nachts deutlich. Nichts erinnert mehr an den sonnigen Nachmittag. Dafür tut sich über mir ein imposanter, klarer Sternenhimmel auf. Er schreit förmlich danach, wie schön das Leben ist.

Ich weiß bis heute nicht, ob es besser gewesen wäre, wenn ich Maura begleitet hätte. Hätte unsere Freundschaft bestehen können, wenn ich mit einem fast fünf Monate alten Babybauch meiner besten Freundin bei der Abtreibung eines Kindes beigestanden hätte, das sie sich doch eigentlich so wünschte? In diesem Moment kommt mir die Erkenntnis, dass für mich keine Chance bestand, irgendetwas richtig zu machen. Das Schicksal hatte mir eine Falle gestellt, eine Zwickmühle, aus der es kein Entrinnen gab.

MAIL FÜR DICH

Liebe Carina,

danke für deinen süßen Brief! Ich habe schon lange keine persönliche Post mehr bekommen. Ich bin gerührt, wie du dich um mich kümmerst. Eigentlich könnte ich dir egal sein, vor allem da ich »nur« die Gewinnerin deiner Werbeaktion bin und du mit mir sowieso kein Geld verdienst. Angesichts dessen ist mir mein Abgang nach unserem letzten Treffen besonders peinlich. Ich bin eigentlich immer stolz auf mich, weil ich in Stresssituationen so ruhig reagieren kann. Diesmal war das anders. Deine Frage nach meiner besten Freundin hat mich wirklich erschüttert.

Zu den drei Gegenständen: Ich bin dir dankbar für deine Tipps. Ich habe angefangen zu entrümpeln und dabei die drei Dinge entsorgt. (Naja, das Armband habe ich ganz hinten in die Kommodenschublade verbannt. Es war mir zu schade zum Wegwerfen. Ich werde es irgendwann einmal Charlie schenken.)

Ich habe neue Pläne gemacht. Wenn dein Angebot noch steht, dann möchte ich gerne die dritte Sitzung bei dir wahrnehmen. Schlag mir doch einfach einen Termin vor.

Liebe Grüße
Seraphine

PS: Ach ja, eine Frage: Verschickst du manchmal aus
therapeutischen Zwecken Blumen?

Liebe Seraphine,
mach dir mal keine Gedanken über deinen »Abgang«,
wie du das nennst. Du kannst gerne am kommenden
Mittwoch um halb zwei bei mir vorbeikommen. Ich bin
gespannt, wie deine neuen Pläne aussehen.

Zu deiner Frage mit den Blumen. Nein, ich habe
noch nie Blumensträuße zu Therapiezwecken verschickt.
Aber es ist grundsätzlich eine tolle Idee, Blumen in die
therapeutische Arbeit mit einzubeziehen. Ich könnte das
auch leicht umsetzen, da mein Mann Besitzer eines
Blumenladens ist. Danke für die tolle Anregung!

Bis bald!
Herzlichst
deine Carina

ROSENKAVALIER

»Du hast dein Leben auf Reset gestellt. Was soll das jetzt heißen?«

Bevor ich antworten kann, setzt Herbert die Bohrmaschine an. Ich halte mir die Ohren zu.

Das Sprichwort »alles hat seinen Preis« trifft gerade absolut zu. Herbert hat mich vorhin zum Ehrengast des Nachmittags ernannt, weil ich heute die Einzige bin, die etwas serviert bekommt. Offiziell hat die Bar geschlossen, weil Mechthild und Herbert für ihr Oktoberfest-Event ihre hippe Atmosphäre gegen blauweißes Bierzeltfeeling tauschen. Ehrengast sein heißt heute exklusive Betreuung à la Herbert und Mechthild inklusive toller Gespräche. Das hohe Geräuschaufkommen alle Viertelstunde ist allerdings ebenso inbegriffen.

Herbert bohr erneut. Nachdem wieder Ruhe eingekehrt ist, fahre ich mit meiner Beschreibung fort. »Reset bedeutet: Alles auf Anfang! Die Karten werden neu gemischt!"

»Mogst a Brezn!«, fragt Mechthild in bestem Bayerisch. Sie tänzelt übermütig um meinen Tisch herum.

Klar, nehme ich doch gerne.

»Wie findest du mein Modell grün-weiß-rustikal?« Mechthild dreht sich beschwingt durch den Raum und lässt die Schürze fliegen.

Ich kichere. Sie hat drei Dirndl, die sie mir alle der Reihe nach vorführt, weil sie sich nicht entscheiden kann und auf Herberts Geschmack in dieser Sache nicht vertraut. Er meint, dem Oktoberfest in seiner Bar sei nur mit absoluter Übertreibung in Sachen Klamottenfragen beizukommen. Deswegen hat er sich einen Tirolerhut mit neongelbem Polyester-Gamsbart besorgt. Hinsichtlich der Dirndlfrage pocht er auf »Pinky«, ein Modell in schreiendem Pink und Neongrün. Mechthild aber findet, etwas mehr Ernsthaftigkeit könne der Aktion nicht schaden.

»Pinky ist wirklich eher ein Billig-Faschingskostüm. Ich fühle mich in diesem hier eigentlich sehr wohl. Und Grün passt auch sehr gut zu Neongelb«, sagt sie. Sie dreht sich ein weiteres Mal um ihre eigene Achse, bis die Schürze fliegt. Herbert kichert unmännlich vor sich hin.

Er bedenkt seine Frau mit einem Seitenblick. »Leider hast du keine langen Haare, sonst könntest du dir Schneckerln flechten.«

Ich helfe ihm, eine blau-weiße Girlande über dem Tresen zu befestigen.

Herbert knüpft an das Gespräch von eben an. »Reset heißt bei dir wohl auch, jeder kann machen, was er möchte? Deine Kinder haben deinen Garderoben-Schwarm ja jetzt auch schon kennengelernt.«

»Das war Zufall«, verteidige ich mich. Es war ja klar, Herbert würde mir diesen unbeschwerten Nachmittag im Sandkasten vorhalten, an dem Niklas und ich gemeinsam mit den Kindern gebuddelt haben. Herbert ist wirklich ein Meister darin, seine

Mitmenschen mit ihren Schwachstellen zu konfrontieren. Trotzdem kann ich ihm nicht böse sein.

»Niklas ist wirklich wahnsinnig nett. Ich hätte schon Lust darauf, ihn näher kennenzulernen«, sage ich.

Es hat keinen Zweck, es zu leugnen. Ich habe Niklas einfach gern. Zwischen uns herrschte von Anfang an so eine selbstverständliche Zuneigung.

»Überleg' dir gut, was du da tust, Engelein. Ich war ein Scheidungskind und fand das gar nicht witzig«, sagt Herbert.

»Zerstrittene Eltern nützen aber auch keinem was. Dann schon lieber eine klare Linie«, mischt sich Mechthild ein.

Ich winke ab. »Ich habe doch nur darüber nachgedacht, wie es wäre, ihn näher kennenzulernen. Ich würde der Kinder wegen nichts Leichtfertiges tun. Sie sollen glücklich aufwachsen und beide Elternteile um sich haben können. Trotzdem muss ich auch dafür sorgen, dass es mir selbst gut geht.«

Mechthild möchte keinen Streit. »Herb, ich finde dich unsensibel! Seraphine weiß schon, was sie da tut. Da musst du wirklich nicht das Kindermädchen spielen! Und jetzt bohr' bitte endlich die Platte an, ich möchte nicht bis Mitternacht hier stehen!«

Sie zerrt ihn Richtung Tresen. Ich trinke Cappuccino, esse die Brezel und gucke den beiden beim Bauen ihrer Bayern-Kulisse zu. Es gibt sogar blauweiße Luftballons und Pfefferkuchenherzen mit Zuckergusssprüchen, dazu Schlagermusik. Mechthild hat sich eine blauweiße Wimpelkette um den Hals geschlungen und tänzelt grazil auf mich zu.

»Ich habe übrigens in Sachen Blumenstrauß mal investigativ recherchiert. Mich interessiert brennend, wer hinter dieser Aktion steckt.« Na, das ist ja mal eine Überraschung! Mechthild zeigt sich wegen der myteriösen Blumensendungen schon länger sehr besorgt.

Jetzt hat sie sich selbst auf Spurensuche begeben. Das hätte ich ihr nicht zugetraut.

»Erzähl!«, fordere ich sie auf.

Sie sprudelt los. »Also ich habe mal die Webseiten mit den Angeboten verglichen. Das, was du da bekommen hast, wird bei einem Onlineshop namens »Farben für die Lebenslust – Blumen und mehr« angeboten.« Sie tippt eifrig auf ihrem Smartphone. »Hier!«

Ich blicke auf eine romantisch anmutende Seite mit Rosenumrandung, die neben Dekoartikeln und Nippes zahlreiche Blumensträuße anbietet. Mechthild klickt »Blumen« und »Liebe« an.

Ich erkenne auf Anhieb »meine« Sträuße wieder. »Liebesrausch, Glücksversprechen, Farben der Sehnsucht«, lese ich.

Mechthild nickt. »Knisterndes Geheimnis hast du vermutlich auch bekommen, ganz am Anfang. Zumindest hattest du den Strauß so ähnlich beschrieben.«

Ich staune. Die Sache fühlt sich gleich weniger unheimlich an, jetzt da ich weiß, wo es die Sträuße zu kaufen gibt. Die Frage nach dem Absender ist damit leider noch nicht geklärt. Auch Mechthild ist nur teilweise weitergekommen.

»Ich habe direkt bei der Nummer im Impressum angerufen, aber die geben natürlich keine Auskunft, wer bei ihnen bestellt, aus Datenschutzgründen. Sie haben mir aber verraten, dass sie hier in der Stadt mit zwei Blumenläden zusammenarbeiten. Dort könnten wir vielleicht mal hingehen und uns umschauen. Vielleicht ergibt sich eine heiße Spur.«

Ich nicke nachdenklich. Der Ansatz ist gar nicht so schlecht. Wenn ich Glück habe, lässt sich die Verkäuferin im Laden zu einer Auskunft überreden. Vielleicht erzähle ich dort einfach direkt, dass ich mich bedroht fühle.

»Der Laden von Hans-Dieter Schnutzke ist aber nicht dabei«, sagt Mechthild. Hans-Dieter Schnutzke. Dem Nachnamen nach kann das nur Carinas Mann sein.

»Du hast auch an alles gedacht«, sage ich bewundernd zu Mechthild.

Sie grinst. »Das war einfach, ich habe »Schnutzke« und »Blumenladen« im Netz gesucht.«

Dass sich Herr Schnutzke nicht unter den Zulieferern befindet, überrascht mich nicht. Carina hatte mir ja schon geschrieben, sie nutze keine Blumen zur therapeutischen Arbeit.

»Das hast du wirklich prima recherchiert, Watson!«, lobe ich Mechthild, die mir Adressen und Telefonnummern der beiden Läden auf einen Bestellzettel kritzelt. Sie reißt das Papier vom Block und überreicht es mir mit einer schwungvollen Geste.

»Ich werd mich umtun, Watson!«, verspreche ich.

Sie lächelt. »Ich wünsche Ihnen viel Glück Holmes! Halten Sie mich auf dem Laufenden!«

Beschwingt trete ich den Heimweg an. Trotz aller Heiterkeit gehen mir Herberts Worte nicht mehr aus dem Kopf. Gewiss, ich bin keine Jugendliche, die sich einfach aus einer Beziehung verabschieden kann, weil sie das Gefühl hat, mehr Freiraum zu brauchen. Es gibt eben noch Charlie und Antonin, die ihren Vater über alles lieben. Andererseits habe ich die vergangenen Jahre in einer Art Taubheit gelebt, habe meine Beziehung aus den Augen verloren. Ich wäre um ein Haar an meinem eigenen Perfektionismus erfroren.

Herberts Worte haben gleichzeitig mein schlechtes Gewissen auf den Plan gerufen. Ich sollte die Beziehung mit Rob nicht leichtfertig über Bord werfen. Am heutigen Samstag beispielsweise hat er mit Charlie und Antonin eine »Indianertour« durch den Wald gemacht und mir damit eine Gratisportion Freiraum geschenkt. Die habe ich für einen ausgiebigen Wellnessnachmittag im Fitnessstudio und meinen persönlichen Oktoberfest-Ausklang im *Herr Bert* genutzt.

Als ich die Wohnung betrete, ist es kurz nach neun Uhr abends. Die Kinder schlafen schon tief und fest. Ein Lichtschein, der durch die angelehnte Wohnzimmertür dringt, erhellt den Flur. Ich streife meine Schuhe im Halbdunkel ab und hänge die Jacke an den Haken.

»Hei, Seraphine, komm doch mal bitte her!« Rob hält mich mit leiser Stimme auf, als ich in mein Zimmer verschwinden möchte.

Ich zögere, da tritt er aus dem Wohnzimmer heraus, berührt mich sanft am Arm, zieht mich mit sich. Er hat Kerzen angezündet und die alte Platte von Herbie Hancock aufgelegt, die ich so gerne mag.

»Seraphine, mach' mal die Augen zu!« Ich gehorche, merke wie Rob sich einige Schritte entfernt und höre ein Rascheln, das mich neugierig macht.

»Riech mal!«, fordert Rob. Ich sauge einen süßlichen Duft auf. Als mir klar wird, um was es sich handelt, beginnt mein Herz umgehend, zu rasen. Allerdings nicht vor Entzücken.

»Rosen«, hauche ich und mache die Augen auf. Rob drückt mir einen riesigen Strauß in die Arme.

Ich stoße einen überraschten Schrei aus, denn zwischen den Blumen steckt wieder eine Karte, jede Wette mit einem Spruch in dieser geschwungenen Schrift, die ich schon so gut kenne.

Rob deutet meine Reaktion falsch. »Seraphine, hör' mir bitte zu. Es tut mir alles so leid.«

Weiter kommt er nicht. Ich unterbreche ihn.

»Warst du das? Warst du das die ganze Zeit?«

Ich flüstere diese Worte, der Kinder wegen, die im Nebenzimmer schlummern. Am liebsten würde ich ihn anbrüllen.

Rob nickt, grinst ein wenig verlegen. »Ja, das war ich. Ich wollte dir deinen Alltag erhellen.«

Solche schwulstigen Formulierungen kenne ich von ihm normalerweise nicht. Was soll das plötzlich? Alltag erhellen!

Ich fauche unwirsch. »Der Schuss ging nach hinten los! Ich fand das ganz schön gruselig, von einem Unbekannten Blumen zu bekommen. Ich dachte, ich hätte einen Stalker am Hals!«

Rob schluckt. »Wieder alles falsch gemacht«, sagt er und es klingt resigniert.

Komischerweise tut er mir in diesem Moment leid.

Ich beteuere: »Nein, Rob. Nicht alles falsch gemacht. War doch gut gemeint. Ich wäre nur nie drauf gekommen, dass du mir Blumen schenkst, ich meine, dass hast du noch nie gemacht.«

Er tritt einen Schritt auf mich zu, nimmt mein Gesicht in seine warmen, großen Hände. »Menschen ändern sich, Seraphine. Ich habe mich geändert.« Ich wehre mich nicht, als er mein Gesicht mit Küssen bedeckt. Jegliche Energie scheint aus mir herausgeflossen.

Rob nimmt mir den Blumenstrauß wieder aus den Händen, stellt ihn zurück in die Vase. Dann gießt er Rotwein ein. Er hat alles vorbereitet für diesen Abend. Er inszeniert eine Ich-erobere-mein-Frau-zurück-Romantik. Ich steige darauf ein. Der Wein macht alles leichter, und schöner. Ich lasse mich in Robs starke Arme fallen und wir tanzen zu »Cantaloupe Island« durch unser Wohnzimmer. Ja, warum sollte ich mein Leben so kompliziert machen? Ich habe einen tollen Mann und zwei hinreißend süße Kinder. Es kann alles wieder perfekt sein. Ich muss nur etwas nachgeben, muss ihm seinen Fehltritt verzeihen, dann ist doch alles wieder schick.

Ich schlinge meine Arme um Rob, küsse ihn übermütig, irgendwann landen wir wie selbstverständlich in meinem Schlafzimmer. Es gehört ja ohnehin uns beiden.

KLARE LINIE

Der nächste Morgen bringt die Ernüchterung, und das nicht nur in Form schrecklich pochender Kopfschmerzen. Ich setze mich im Bett auf, blicke auf den zufrieden schlummernden Rob und weiß, dass ich in dieser Nacht einem Irrtum erlegen bin.

Das mit Rob und mir ist nicht geklärt. Ich habe mir gestern Abend eine heile Welt gewünscht. Der Wein und das schlechte Gewissen, das Herberts Worte in mir hervorgerufen hatten, haben diesen Wunsch befeuert. Ja, ich finde Rob anziehend. Andererseits sind meine Gefühle für ihn immer noch so seltsam taub. Rob und ich. Mein Verstand freut sich an diesem Gedanken, aber mein Herz hüpft nicht mit. Es hält sich auf seltsame Art und Weise aus der Sache raus. Nein. So einfach lässt sich das mit uns nicht kitten.

Auch über die Sache mit den Blumen muss ich noch mal nachdenken. Robs Ansage, er sei der Blumenmann, hat mich gestern überrascht. Ganz leise kommt nun die Wut dazu. Ich habe zwischendurch wirklich Angst gehabt, von einem Verrückten verfolgt zu werden, der mich mit Liebesschwüren und riesigen

Sträußen bombardiert. Ich hatte Rob um Abstand gebeten, in Wahrheit hat er mich die ganze Zeit mit seinen bunten Botschaften und schwulstigen Sprüchen bedrängt. Mein Bedürfnis nach Ruhe hat er ignoriert.

»Warte, ich komme raus«, sage ich leise zu Charlie, die ihren Kopf durch den Türspalt steckt.

Ich schlurfe hinter ihr her in die Küche und bin froh, mich mit Teekochen und der Zubereitung des Frühstücks ablenken zu können. Antonin schläft noch. Charlie popelt an der Aufkleber-Eule am Kühlschrank und plappert fröhlich vor sich hin. Sie erzählt von der Indianertour durch den Wald.

»Wir haben dort zufällig Freunde getroffen, Heinrich mit seinem Papa. Sie haben uns zu einem Fest eingeladen. Wir haben das auf einem Zettel aufgeschrieben. Hier!«

Ich sauge erschrocken die Luft ein. Zum zweiten Mal an diesem Morgen zittere ich innerlich vor Aufregung. Charlie rennt zu Flurkommode und kommt mit einem knittrigen Post-it zurück. Tatsächlich: Rob hat mit Bleistift und in Kritzelschrift Datum und Uhrzeit notiert. Dazu die Adresse von Maura.

»Da gehen wir hin. Die haben gesagt, es gibt tolle Spiele für Kinder und es gibt Luftballons mit Überraschungen! Wir waren doch, als ich klein war, öfters dort.«

Charlie summt begeistert in der Küche hin und her. Jammerschade, an was sich Kinder alles erinnern können. Wir sind so lange nicht mehr dort gewesen, aber Maura und Heinrich haben ihren festen Platz im Gedächtnis meiner Tochter. Zudem hat Charlie Heinrich noch eine Weile im Turnkurs getroffen. Rob hatte sie jeden Freitagnachmittag dorthin gebracht, als ich schon längst keinen Kontakt mehr zu Maura hatte.

Ich hole tief Luft. »Ja Charlie. Eine Feier wäre bestimmt toll. Aber ich glaube, wir haben an diesem Tag keine Zeit.«

Diesen entschlossenen Gesichtsausdruck kenne ich an meiner Tochter leider gut. Der Protest zeichnet sich in ihren Augen ab, dann verkündet sie: »Papa hat gesagt, wenn du nicht willst, dann kommt er mit. Ich will unbedingt! Die haben da jetzt ein ganz kleines Baby, hat Heinrich erzählt. Es heißt Radu. Das ist ein Name aus irgendeinem anderen Land, ich habe vergessen welches.«

Klirrend fällt mir die Teekanne zu Boden.

CARINAS MUTMACH-NEWSLETTER

Betreff: Seraphine, drei wertvolle Tipps für mehr Lebensenergie

Liebe Freunde, liebe Seraphine,
mit der *Lagune der Leichtigkeit* hat sich für mich ein Traum erfüllt. Seit ich eine Arbeit habe, die mir Freude macht, fühle ich mich vital und energiegeladen. Es war ein langer Prozess, bis ich zu dieser Ausgeglichenheit gekommen bin. Heute möchte ich mit dir ganz unkompliziert drei Tipps teilen, mit denen du dir mehr Lebensenergie verschaffen kannst.

1. Gönne dir Pausen!
Mag sein, du lachst, weil dieser Tipp so einfach klingt. Doch wenn du dich umguckst, wirst du bemerken, dass die meisten Menschen sich im Alltag keine (Aus)-Zeit für sich selbst nehmen. Genauso wie ein gleichmäßiges Einatmen und Ausatmen ist auch die Balance zwischen Anspannung und Entspannung wichtig. Achte deshalb auf dich! Suche dir Entspannungsinseln in deinem Alltag. Das kann beispielsweise ein ruhiger Start am

Morgen sein. Oder auch regelmäßige Pausen während deines Arbeitstages, in denen du Dinge tust, die dir gut tun.

2. Meide menschliche Energiefresser

Kennst du auch diese Menschen, die andere als eine Art »seelischen Mülleimer« benutzen? Hast du auch Bekannte oder Verwandte, die ständig ihre Probleme und negativen Gedanken bei dir abladen? Es ist nichts dagegen einzuwenden, anderen in Notlagen zu helfen oder Freunde und Verwandte mit einem guten Rat zu versorgen. Wenn du aber merkst, dass dies nur einseitig verläuft, das der andere nicht bereit ist, dir auch einmal zuzuhören und dich zu unterstützen, dann solltest du diese Beziehung überdenken. Falls du dich nach Gesprächen mit einer Person immer wieder seelisch ausgelaugt fühlst, solltest du das ansprechen. Wenn sich nichts ändert, dann gehe auf Abstand! Du brauchst deine Energie und musst sie dir nicht rauben lassen!

3. Achte auf deine Ernährung

Vielleicht enttäuscht dich dieser letzte Tipp. Doch er ist zentral. Vor allem ich als »Gerne-Esserin« bin gerade erst dabei, ihn umzusetzen. Und oft gelingt es mir noch nicht so gut, wie ich es mir wünsche. In dem Satz »Du bist was du isst« steckt eine unglaubliche Wahrheit. Dein Körpergefühl verändert sich entscheidend, je nachdem, ob du dein Frühstück mit fettigen Würstchen und Speck oder einem grünen Smoothie startest. Deswegen: Achte auf eine ausgewogene Ernährung. Informiere dich, wie gesundes Essen aussieht, wenn du zu wenig darüber weißt. Nimm viel Gemüse zu dir, vermeide Alkohol, Zucker und tierische Fette. Wenn du deinem Körper gesunde Nahrung zuführst, wird er es dir danken.

Ich wünsche dir viel Freude beim Umsetzen dieser wertvollen Tipps!

Herzliche Grüße aus der *Lagune der Leichtigkeit*!

Carina Blue

HERZKLOPFEN

Irgendetwas stimmt nicht, aber ich kann nicht sagen, was. Es ist ein Gefühl, das mich plötzlich überkommt. In der kleinen Garderobe von Carinas *Lagune* sieht alles aus wie immer. »Unschuld erweckt Intuition« steht diesmal am Spiegel. Während ich darüber nachdenke, was dieser Satz bedeuten soll, stelle ich meine Schuhe ins Regal und fische mir lila-blau melierte Wollsocken aus dem Korb. Heute ist mein letzter geschenkter Termin hier. Ich freue mich auf Carina, ich freue mich darauf, mit ihr über meine neuen Pläne sprechen zu können. Ich hatte sie anfangs belächelt wegen ihrer Guru-Kulisse und den einfachen Fragen, die sie mir stellte. Dabei arbeitet sie ausgesprochen effektiv. Sie ist eine unglaublich gute Zuhörerin.

In meinem Leben hat sich inzwischen einiges getan. Nach unserer gemeinsamen Nacht habe ich mit Rob Klartext gesprochen. Einfach da weitermachen, wo wir aufgehört haben, funktioniert für mich nicht. Wir werden erst einmal getrennt wohnen und dann sehen, wie es weitergeht. Mir gefällt immer noch die Idee mit dem Hofgut. Deswegen werde ich Carina gleich bitten, mir den Kontakt zu Benno zu vermitteln.Ich möchte mehr über das Wohnprojekt wissen, an dem er beteiligt ist. Rob und ich müssen noch einen genauen Plan ausarbeiten, wie wir das mit Charlie und Antonin organisieren. Und dann mal sehen. Ich schließe nicht aus, dass Rob und ich eines Tages doch wieder zusammenfinden. Aber erst einmal muss ich mich selbst wieder ordnen.

Ich klopfe an die Tür zum Entspannungszimmer. Es ist seltsam still hier. Ich trete ein und bin froh, Carinas übliche Herzfrequenzmusik zu hören.

»Hallo Carina!«, rufe ich, erhalte aber keine Antwort. Mein mulmiges Gefühl wird stärker. Schweigen ist wirklich nicht ihre Art. Normalerweise ruft sie schon ein »Willkommen«, sobald sie nur die Klinke klappern hört. Auf leisen Sohlen schleiche ich mich durchs Zimmer. Vielleicht ist Carina nur kurz ins Bad verschwunden oder schnell um die Ecke zum Einkaufen gegangen. Den letzten Gedanken verwerfe ich gleich wieder. Sie wusste ja, dass ich heute komme, den Termin hatte sie mir selbst vorgeschlagen. Außerdem hätte Carina sicherlich die Tür abgeschlossen, wenn sie das Gebäude verlassen hätte.

»Carina?!«

Mein Rufen klingt etwas kläglich. Wieder erhalte ich keine Antwort. Mir wird flau im Magen. Mein Blick wandert unruhig durchs Zimmer, streift die rot-goldenen Sitzpolster, das Regal, den klapprigen Plastik-CD-Player, wandert am Klavier vorbei Richtung Küche. Der Traumfänger baumelt im Türrahmen Alles ist wie immer. Aber irgendetwas stimmt nicht.

Die Musik endet abrupt. In die Stille hinein hämmert nur noch mein Herz.

»Carina?«

Nichts! Dann geht alles ganz schnell. Durch den offenen Türrahmen sehe ich ihre Füße in der Küche, bin mit einem Satz da. Sie liegt reglos am Boden. Offenbar wollte sie Tee kochen, die Schachtel mit den Beuteln ist ihr aus den Händen gefallen. Warum ist sie gestürzt? Hat sie sich dabei am Kopf verletzt? Ich knie mich zu ihr auf den Boden und taste vorsichtig über ihren Kopf. Nein, Blut ist glücklicherweise nicht zu sehen. Sie ist bewusstlos, aber sie atmet.

»Carina, wach auf!«

Ich tätschele ihre Wange, rüttele an den Schultern. Ich lege sie auf die Seite. Dann hole ich mein Handy aus der Hosentasche und rufe den Notarzt. »Was hast du? Halte durch! Gleich kommt Hilfe!«, flüstere ich ihr zu.

Meine Wahrnehmung schaltet auf Zeitlupentempo. Laut Küchenuhr sind nur wenige Minuten vergangen. Doch mir kommt es wie eine Ewigkeit vor, bis der Rettungswagen eingetroffen ist. Ich verfolge das Geschehen durch einen unwirklichen Schleier. Carina wird untersucht. Die Sanitäter legen ihr einen kleinen Schlauch an, der Sauerstoff direkt durch die Nase leitet. Die Pads für die Verkabelung zum EKG kenne ich aus meinem eigenen Job. Es ist beruhigend, diese vertrauten Handgriffe zu sehen. Die Rettungskräfte legen auch einen Zugang zur Vene. Einer von ihnen drückt mir die Tropfflasche in die Hand.

»Senkrecht halten!«

Ich bin dabei, als die Sanitäter den bewusstlosen Körper auf eine Liege schnallen und in den Wagen schieben. Dann sitze ich da und halte Carinas Hand, während das Blaulicht über uns dröhnt.

»Die Herztöne sind unregelmäßig. Was wissen Sie über die Patientin? Hat sie irgendwelche Vorerkrankungen?«

Ein Rettungssanitäter mit einem wallenden Rauschebart guckt mich fragend an, aber ich zucke nur hilflos mit den Schultern. Ich kenne Carina Blue kaum. Irgendwie sind wir beiden im Leben mit voller Wucht übereinander gestolpert.

»Bitte verständigen Sie ihren Mann. Er kann ihnen sicherlich weiterhelfen. Er heißt Hans-Dieter Schnutzke und betreibt einen Blumenladen hier in der Stadt. Schnutzkes Blüten und Mehr«, sage ich.

Der freundliche Bärtige nickt, er gibt die Info gleich nach vorne durch. Wir fahren nicht lange, nur bis zum Sankt Martin Klinikum, das einige Straßen weiter liegt. In meinem tranceartigen Zustand beobachte ich, wie Carina Blue in die Notaufnahme gebracht wird.

Eine Assistentin schickt mich weiter. »Bitte warten Sie dort vorne im gelben Bereich. Wir geben Ihnen dann Auskunft.«

Ich bin immer noch nicht ganz bei mir, gehorche automatisch ihren Worten. Im Wartebereich empfängt mich tiefe Stille. Auf den metallenen Gitterbänken sitzen nur wenige Menschen. Niemand spricht. Ich fröstle, obwohl es hier warm ist, schlinge mir die Arme um den Körper. Meine Jacke habe ich in der Eile in Carinas Garderobe vergessen. Mein Körper hat bis eben funktioniert, jetzt beginnt er, das Geschehen zu registrieren.

Ich setze mich auf einen dieser unbequemen Stühle und versuche, ruhig zu atmen. Trotzdem habe ich das Gefühl, eine kalte Hand schiebe sich langsam in meinen Nacken und drücke mit aller Macht zu. Ich stehe wieder auf, laufe durch das Foyer, wühle in meinen Hosentaschen nach Kleingeld und ziehe mir einen Schokoriegel aus dem Automaten. Schokolade wird ja nervenberuhigende Wirkung zugeschrieben. Widerwillig kaue ich auf dem süßen Teil, es schmeckt nicht. Der Kaffeeautomat spuckt wässrige braune Brühe aus.

Heute Morgen hätte ich nicht gedacht, dass ich den Nachmittag im Krankenhaus verbringen würde. Ich muss hier nicht bleiben. Ich bin nicht mit Carina verwandt. Ihr Mann wird verständigt, dafür habe ich gesorgt. Nun könnte ich meiner Wege gehen. Doch das möchte ich nicht. Ich möchte warten, bis Herr Schnutzke eingetroffen ist.

Ich kenne Carina Blue kaum. Auf eigenartige Weise haben sich unsere Leben miteinander verwoben. Mich quält die Frage, wie es ihr geht. Hat sie eine schlimme Krankheit, von der sie mir nichts gesagt hat? Hatte sie tatsächlich einen Herzinfarkt? Das Bild von dem regungslosen Körper in der Küche geht mir nicht mehr aus dem Sinn. Mein Herz wummert, eine weitere Kältewelle umfängt mich. Ich beobachte die feinen Härchen auf meiner Haut, klammere dann meinen Blick mit aller Macht an den modernen, bunten Zeichnungen fest, die in großen silbernen Rahmen an den weißen Wänden hängen. Bloß jetzt nicht losheulen!

»Seraphine, vielen lieben Dank! Ich bin so froh, dass du sie gefunden hast!«

Benno steht plötzlich vor mir. Er sieht völlig abgehetzt aus. Sein Knittermantel und die schmutzigen Wanderschuhe bilden eine sympathische Dissonanz zu dem schicken Businesskostüm und den High Heels seiner Freundin Agnetha. Sie kommt im Eiltempo über den Gang zu uns gelaufen. Dahinter erscheint ein äußerst besorgt dreinblickender Mann mit grauem schütteren Haar und freundlichen, wässrig blauen Augen.

»Schnutzke, Hans-Dieter Schnutzke, auch von mir herzlichen Dank für Ihre schnelle Reaktion«, sagt er schnaufend und schüttelt mir die Hand. »Wissen Sie, wie es Ingeburg geht?«, fragt er hoffnungsvoll.

Nein, leider weiß ich darüber nicht Bescheid. »Ich fürchte, da bin ich keine Hilfe, ich konnte den Ärzten keine Auskunft geben. Ich weiß ja nicht einmal, ob ihre Frau Vorerkrankungen hat«, sage ich.

Benno wirft seinem Schwager einen vielsagenden Blick zu. »Hadi, wir sollten schleunigst mit jemandem sprechen. Soll ich oder möchtest du?«

Hans-Dieter Schnutzke tippt sich an die Brust. »Ich mach das schon, ist ja schließlich meine Frau. Da kümmere ich mich. Wartet bitte hier.« Er schlurft einem Arzt hinterher, der weiter vorne über den Gang läuft.

»Du hast sie gefunden? Das muss ein ganz schöner Schreck für dich gewesen sein«, sagt Agnetha mitfühlend zu mir.

Ich erzähle den beiden in knappen Worten die Geschichte. Benno guckt besorgt. Er streicht mir sacht über die Schulter.

»Seraphine, du siehst total müde aus. Ich finde es unheimlich nett, was du da getan hast. Du hast sogar noch gewartet, bis wir gekommen sind. Wenn du magst, ruhe dich aus! Wir tauschen Nummern, ich halte dich auf dem Laufenden.«

Ich lächle Benno in sein gutmütiges Gesicht. »Ja, so machen wir das. Das ist eine gute Idee.«

Ich hole tief Luft und nehme meinen Mut zusammen, weil die Situation für meine nächste Frage völlig unpassend ist. »Ich wollte euch noch wegen eures Wohnprojektes kontaktieren. Ich bin nämlich wirklich auf der Suche nach einer neuen Wohnung. Das können wir ja dann ganz in Ruhe machen, wenn es Carina wieder besser geht.«

Benno lächelt. Ja. Er ist einverstanden. Plötzlich huscht ein Grinsen über sein Gesicht.

»Carina. Carina Blue. Da ist meinem Schwesterherz wirklich ein irrer Name eingefallen«, murmelt er.

WOLLSOCKEN-BLUES

»Schicke Socken.« Herbert deutet mit dem Finger auf die lila-blau melierte Strickware, die sich um meine Knöchel schmiegt. Nach der ganzen Aufregung heute habe ich vergessen, Carinas Leihsocken auszuziehen. Ich bin wie in Trance in die Straßenbahn gestiegen und habe Charlie und Antonin später als sonst aus der Kita geholt. Die Wollsocken sind heute wirklich mein geringstes Problem.

»Ich wusste, sie würden dir gefallen. Ich hatte einfach was Passendes zu deinem neongelben Gamsbart-Hut gesucht«, gebe ich zurück.

Herbert zuckt bedauernd mit den Schultern. »Der Hut hat das Oktoberfest in unserem hippen Ambiente leider nicht überlebt.«

Mechthild segelt beschwingt an meinen Tisch. »Hier ist dein bestellter Crêpe mit extra viel Schokolade und einer Riesenportion Nüsse!«

Sie guckt zufrieden zu, wie ich das herrliche süße Teil in mich hineinmampfe.

»Weißt du inzwischen, was mit Carina los ist?«

Ich schüttle den Kopf. »Ich habe nur eine kurze

SMS von Benno bekommen. Sie ist wieder bei Bewusstsein, ich soll mir keine Sorgen machen. Näheres möchte er mir persönlich sagen.«

Mal abwarten. Wenn Benno schreibt, ich müsse mir keine Sorgen machen, dann handelt es sich zumindest nicht um einen Herzinfarkt oder eine schlimme Krankheit.

»Also ich bin total gespannt, warum sie umgekippt ist«, sagt Herbert und erntet einen vorwurfsvollen Blick von seiner Frau, die galant das Thema wechselt.

»Also ich bin total froh, dass ich kein Dirndl mehr tragen muss. Das nächste Mal verkleide ich mich lieber als französische Crêpe-Verkäuferin.«

»Dann macht doch mal Frankreichwochen, das Crêpe-Eisen ist da schon ein guter Anfang!«, schlage ich vor.

Herbert winkt ab. Er hat erst einmal genug von großen Events.

Mir ist die Ruhe im *Herr Bert* auch lieber. Nach diesem aufregenden Tag habe ich mir den Besuch in meiner Lieblingsbar ganz besonders herbeigesehnt. Natürlich habe ich meine beiden Freunde detailliert über mein Abenteuer im Krankenhaus unterrichtet.

Herbert guckte viel ernster als sonst. »Seraphine, pass' auf dich auf. Du ziehst im Moment komische Geschichten an.«

Angesichts dieser Worte habe ich lieber nicht thematisiert, dass Rob sich als Absender der Blumensträuße enttarnt hat. Dann hätte ich gleich noch erklären müssen, warum ich mir derzeit trotzdem keine Beziehung vorstellen kann, stattdessen sogar Abstand halten möchte.

Der Crêpe schmeckt großartig und hebt meine Stimmung. Zur Arbeit laufe ich durch kühlen Nieselregen, der meine Wangen angenehm streichelt.

»Carina Blue, werde wieder gesund!«, denke ich.

FREILICHTMUSEUM

»Meine Lieben, habt ihr alles? Ich fahre voraus und ihr fahrt mir einfach hinterher!« Fred Wischmann lehnt gut gelaunt wie immer an der Tür seines großen Jeeps.

Tessa sitzt im Ledersessel ihres Audi und hupt übermütig. »Alles einsteigen, es geht los!«

Charlie und Antonin klettern kichernd ins Auto. Ich schnalle die beiden an und lasse mich auf den Beifahrersitz plumpsen. Mit einem lauten Röhren setzt Fred vor uns seinen Jeep in Gang. Meine unternehmungslustige Freundin Tessa war total begeistert, als ich ihr einen Ausflug in das neue Freilichtmuseum vorgeschlagen habe, mit exklusiver Begleitung durch einen der Chefs. Fred hat tatsächlich Wort gehalten und uns zu einem Kindertag eingeladen.

»Das ist eine Premiere, wir haben so etwas noch nie gemacht. Ich bin ganz gespannt auf euer Feedback«, hat er verkündet. »Und die Exklusivführung pack' ich euch noch obendrauf!«

Sogar eine Einladung hatte uns Fred gebastelt, eine Karte mit dem Motiv alter Bauernhäuser. Dekoriert hatte er sie mit einer getrocknete Kornblume.

»Die hatte ich noch von einem Blumenstrauß übrig, der zufälligerweise in meinem Waschbecken schwamm«, hatte er erklärt.

Ich entgegnete augenzwinkernd: »Toll, ein Blumenstrauß, was für ein Zufall! Es ist immer wieder erstaunlich, was man alles beim Aufräumen findet.«

Jetzt braust Fred vor uns die Landstraße entlang, Tessa genießt diesen rasanten Fahrstil. »Endlich mal ein Typ, der nicht auf Schneckentempo drosselt, weil er einer Frau den Weg zeigt«, ruft sie begeistert.

Sowieso zeigte sie sich von Freds kernigem Auftreten beeindruckt. Sie lief gleich auf ihn zu und bedankte sich überschwänglich, dass sie mitkommen durfte, obwohl Fred sie gar nicht kannte.

»Aber das lässt sich ja ändern! Wir lernen uns heute ja kennen!«, rief sie fröhlich. So zutraulich kenne ich Tessa gar nicht. Jetzt sitzt sie hinter dem Steuer und hat die Kinder-CD voll aufgedreht. Allen dröhnen die Ohren, aber sie pfeift fröhlich die Benjamin-Blümchen-Melodie mit.

»Pferde!«, brüllen Antonin und Charlie beim Ausblick aus dem Seitenfenster begeistert.

Selbst ich lasse mich von der heiteren Stimmung anstecken. Es wird ein himmlischer Tag werden, ein richtiger goldener, zauberhafter Herbsttag. Meine sonnige Stimmung ist auch auf ein Telefonat mit Benno zurückzuführen. Carina geht es tatsächlich wieder gut. Laut Benno habe sie mal wieder mit bewusstseinserweiternden Substanzen herumgepanscht, dabei ist ihr offenbar schwindelig geworden. Sie ist mit dem Kopf auf die Bodenfliesen geknallt und hat sich eine schlimme Gehirnerschütterung zugezogen.

»Weißt du Seraphine. Ich freu' mich ja für sie, über den großen Erfolg, den sie mit ihrer *Lagune der Leichtigkeit* hat. Aber diese Drogenexperimente gehen mir zu weit. Seelische Balance lässt sich auch sanfter herstellen. Und man sieht ja mal wieder, dass sie das nicht im Griff hat. Was wäre passiert, wenn du sie nicht gefunden hättest?!«

Daran möchte ich gar nicht denken. Carina muss noch für ein paar Tage im Krankenhaus bleiben.

»Du kannst sie gerne besuchen, wenn du möchtest. Das würde sie sicherlich freuen! Sie möchte sich bei dir bedanken,« hat Benno gesagt.

Die zweite gute Nachricht in diesem Zusammenhang ist die Sache mit der Wohnung. Tatsächlich ist auf dem Hofgut gerade eine Dreizimmerwohnung fertig geworden, die ich mir ansehen kann. Da sich das Hofgut in der Nähe des Freilichtmuseums befindet, habe ich für den Nachmittag einen Termin ausgemacht. Agnetha wird uns herumführen. Sie hat ihr Immobilienbüro auf dem Gelände. Auch Fanny, die Besitzerin, wird da sein.

»Ihr habt euch ja schon kurz im Freizeitpark kennengelernt. Ich weiß nicht, ob du dich erinnern kannst, das war die Frau mit dem Fotoapparat«, erklärte mir Benno am Telefon.

Doch noch ist es nicht so weit. Zunächst stürzen wir uns im Freilichtmuseum ins Getümmel. Fred stellt uns seinen Bruder Manne vor. Er steht am Eingang und begrüßt mit zufriedenem Gesicht die vielen Besucher, die zur heutigen Kindertag-Premiere erschienen sind. Die beiden Brüder sehen sich erstaunlich ähnlich. Manne ist zwar etwas kleiner als Fred und hat sein lichtes Haar nicht zur Glatze rasiert, aber er hat den gleichen energiegeladenen Blick und diesen kräftigen Körper, der so wirkt, als lasse er sich von nichts umhauen.

Mit ihrem Museum haben Fred und Manne etwas richtig Tolles auf die Beine gestellt. Ich komme aus dem Staunen nicht mehr heraus. Manne muss gleich weiter »die Presse herumführen.« Auch in Sachen Öffentlichkeitsarbeit legen sich die Brüder mächtig ins

Zeug.

Fred nimmt sich Zeit. Er zeigt uns originalgetreue Bauernhäuser aus dem 19. Jahrhundert.

»Wir haben alte Höfe abtragen und hier Stein um Stein wieder aufbauen lassen«, erklärt er.

Ich staune, vor allem, weil die Häuser aus vier verschiedenen europäischen Ländern kommen. Charlie und Antonin dürfen die Trachten anprobieren und sich in Bauernkinder aus alter Zeit verwandeln. Fred macht Fotos von den beiden.

»Seraphine, darf ich sie für unsere nächste Werbeaktion verwenden?«

»Klar!«

Fred strahlt und führt uns weiter über das Gelände.

»Dort drüben sind dann unsere Stallungen mit Eseln, Pferden und einem Streichelzoo. Da könnt ihr später gucken. Jetzt geht ihr erst einmal zu den Ritterspielen«, sagt er uns, bevor er sich verabschiedet.

Wir verbringen viel Zeit auf dem Gelände. Ich bin völlig aus dem Häuschen. Am Anfang war Fred für mich ein seltsamer Nachbar, etwas furchterregend mit seinem kräftigen Körperbau und dem mysteriösen Vorschlaghammer. Ich hätte nie gedacht, dass der Mann so viel Tatkraft besitzt.

Später gehen die Kinder mit Tessa in den Streichelzoo. Sie hatte vorgeschlagen, mir ihren Audi zu leihen. So kann ich mir die Wohnung alleine ansehen und muss Charlie und Antonin noch nicht mit der Trennungsthematik konfrontieren. Mir graut ehrlich gesagt vor dem Augenblick, wenn ich ihnen sagen muss, dass Rob und ich nicht mehr zusammenwohnen werden. Lange wird sich dieser Moment nicht mehr hinauszögern lassen.

Ich habe den Eindruck, Tessa ist es gar nicht unrecht, ohne mich auf dem Gelände zu sein.

»Und nachher spendieren wir eurem Fred noch ein Eis und bringen es ihm vorbei«, höre ich sie gut gelaunt sagen.

FANNYS PARADIES

Wundervoll! Wie aus einem Märchen! Meine traurigen
Gedanken sind wie weggeblasen, als ich mich dem
Hofgut nähere. Das hier ist die perfekte Filmkulisse und
so idyllisch, dass es kaum wahr sein kann. Ein schmaler
Kiesweg führt zu einem großen, geöffneten Tor.
Dahinter erstreckt sich ein weitläufiges Gelände mit
uralten Bäumen und mehreren Gebäuden.

Ich parke vor dem Haupthaus. Agnetha hat mir
erzählt, es beherberge ein Restaurant mit einem kleinen
Hotel. Fanny, die Besitzerin des Gutes, arbeitet schon
lange in der Gastronomie. Sie hat das Anwesen von
einer Tante geerbt und sich mit dem Hotel einen Traum
erfüllt. Ich habe mir den Lageplan ausgedruckt, den
Agnetha mir geschickt hat. In dem kleineren Gebäude
rechts müssen sich Tagungsräume und ein Fitnessstudio
mit Schwimmbad befinden, das Fannys Mann Mark
leitet. Auch Agnethas Immobilienbüro ist dort
untergebracht. Die Wohnungen in dem größeren
Nebengebäude sind schon alle vergeben. Unter anderem
wohnen dort Agnetha und Benno, aber auch Fanny und
Mark und Tine, die Frau mit dem kleinen Mädchen, das

ich im Freizeitpark mit Benno getroffen habe.

Das malerische Fachwerkhaus linker Hand ist frisch renoviert worden. Das muss es sein! Ich bin entzückt. Um das Gebäude herum erstreckt sich eine üppige Obstbaumwiese. Eine Schaukel hängt dort an einem Seil. Weiter hinten ist eine Pferdekoppel zu sehen. Ich streichle entzückt eine braune Tigerkatze, die mir schnurrend um die Beine streicht.

»O, du wirst schon begrüßt!«

Agnetha kommt mir über den Hof entgegen. Sie trägt diesmal blitzblank geputzte Reiterstiefel und eine edle karierte Jacke dazu, was sie nicht weniger elegant aussehen lässt als im Blazer.

»Ich zeige dir gleich mal die Wohnung, komm mit!«

Ich folge ihr gespannt über den Hof.

Sie erklärt: »Wir haben drei Wohnungen renoviert und würden unheimlich gerne an Leute mit Kindern vermieten. Die Stadt ist nur einen Katzensprung entfernt, da bist du mit dem Auto in 15 Minuten und ein Bus fährt ja auch. Fanny und ihr Mann Mark hatten es anfangs schwerer, weil sie täglich fast 40 Kilometer in die andere Richtung pendeln mussten. Mark fährt immer noch zweimal die Woche. Ich auch manchmal. Benno hat kürzlich einen guten Deal mit dem Kassiopeia-Klinikum geschlossen, der Glückspilz.«

Sie lächelt. »Für mich als Maklerin ist das ein Hauptgewinn, nicht nur wegen dieser tollen Wohnsituation. Ich kann mich mit meinen Immobilien auf zwei Städte und einen riesigen Landkreis konzentrieren.«

Dann schweigt sie und freut sich an meinem entzückten Blick. Die Wohnung ist großartig! Sie ist geräumig und lichtdurchflutet, was daran liegt, dass die verhältnismäßig kleinen Fenster des alten Fachwerkbaus bei der Renovierung ausgetauscht wurden. Der herrliche

Duft kommt von den frisch verlegten Holzdielen. Zu den drei Zimmern gibt es ein modernes Bad mit Eckwanne und eine fantastische Wohnküche mit einem herrlichen Blick über die Felder.

»Bezauberndes Landfeeling in unmittelbarer Stadtnähe zu einem unschlagbaren Preis«, fasst Agnetha zusammen.

Gewiss. Sie ist Immobilienmaklerin und wahrscheinlich ein Verkaufstalent. Aber in diesem Fall treffen ihre Worte absolut zu. Das hier ist ein paradiesisch schöner Ort.

»Hallo, ich bin Fanny!«

Eine blonde Frau mit freundlichem, offenen Lächeln steckt ihren Kopf zur Tür herein. Ich kann mich an sie erinnern, auch sie war im Freizeitpark mit dabei. Im Holzfällerhemd ausgestattet mit einer Riesenkamera machte sie Fotos vom Kinderkarussell. Jetzt trägt sie eine robuste helle Leinenhose und eine schicke Bluse mit blauen und roten Blümchen darauf.

»Fanny Hohlmann, möglicherweise die neue Vermieterin«, stellt sie sich vor.

Ich schüttele ihr die Hand zur Begrüßung. »Seraphine Wollner. Es ist wirklich traumhaft hier. Ich habe großes Interesse an der Wohnung.«

MUTIGE SCHRITTE

»Wirst du uns jetzt verlassen und in dein neues Leben auf dem Land verschwinden?« Herbert guckt mich anklagend an.

»Heuleheuleheuleeule«, reime ich und kichere albern.

Er zieht die rechte Augenbraue nach oben und legt den Kopf schief.

»Im Ernst, Seraphine, wie stellst du dir das vor? Ich bin ganz zittrig, ich hätte nie gedacht, dass du so schnell einen Mietvertrag unterschreiben würdest.«

»Ich auch nicht«, muss ich zugeben. »Aber wenn du diese Wohnung siehst, dann wirst du mich verstehen. Außerdem müsst ihr keine Angst haben, mich werdet ihr nicht los. Im Schlafzentrum werde ich ja auch weiterhin arbeiten. Wahrscheinlich werde ich künftig das Auto für den Weg in die Stadt nehmen.«

Herbert lächelt. »Wenigstens hast du dein altes Strahlen zurück. Das vermisse ich seit Wochen!«

»Da bin ich auch froh«, sage ich und nippe vorsichtig an dem Jasmin-Tee, den ich mir bestellt habe.

Seit ich entschieden habe, die Wohnung auf dem

Hofgut zu mieten, fühle ich mich deutlich besser. Zwar zieht dieser Schritt weitere Gespräche mit Rob und eine Reihe organisatorischer Schwierigkeiten nach sich, doch ich habe endlich Klarheit. Das ist für mich das Wichtigste.

Ich beobachte Herbert, der ein junges Pärchen mit Latte macchiato bewirtet. Er ist heute alleine in der Bar. Mechthild ist zum 80. Geburtstag ihrer Großtante gefahren. Sandrine, die gelegentlich aushilft, kommt erst in einer Stunde, wenn der Abendbetrieb losgeht. Unser Gespräch findet deswegen in Etappen statt. Ich sitze an der Bar, immer wenn Herbert zurückkommt, führt er unser Gespräch weiter. Er ist an allem interessiert, fragt nach Charlie und Antonin und schmunzelt über Carina Blue.

»Na, das wundert mich jetzt nicht so sehr, dass sie mit bewusstseinserweiternden Substanzen herumspielt. Aber ich sage das jetzt nur, weil ich weiß, es geht ihr wieder besser«, ist sein Kommentar zu der Sache.

Als ich mich zur Arbeit verabschiede, sieht er mich nachdenklich an. »Was ist? Überlegst du dir, warum es Menschen wie mich gibt, die ihr Leben so völlig zerwühlen?«, frage ich ihn halb sauer, halb belustigt. Da schüttelt er den Kopf, er knüpft noch einmal an unser Gespräch an.

»Seraphine, eigentlich finde ich dich mutig. Du gehst nach vorne und nimmst in Kauf, dass auch mal was wehtut und nicht so gut läuft. Aber du gehst. Immer weiter. Mechthild und ich, wir denken schon lange über Kinder und Familie nach. Aber wir trauen uns irgendwie nicht richtig. Beruflich flutscht alles, privat sind wir viel ängstlicher, wir zögern viel zu lange.«

Ich bin verblüfft. Es kommt nicht oft vor, dass Herbert sich öffnet. Ich freue mich über das Kompliment. Von dieser Seite aus hatte ich meine Situation noch gar nicht betrachtet.

»Dann habt Mut! Ihr seid so ein tolles Paar. Ihr würdet so niedliche Kinder haben. Außerdem werdet ihr euch nie trennen«, sage ich.

Als ich etwas später auf der Straße stehe, winkt mir mein Seelentröster der vergangenen Wochen durch die Schaufensterscheibe zu.

DIE KUNST DES LOSLASSENS

Ich weiß nicht, warum ich mich so komisch fühle. Vielleicht, weil ich Carina Blue gar nicht so gut kenne. Es könnte ihr unangenehm sein, wenn ich einfach so in ihr Krankenzimmer schneie. Andererseits hat Benno gesagt, sie freue sich auf meinen Besuch, sie sei mir für den Notruf, den ich abgesetzt habe, als sie bewusstlos in der Küche lag, wirklich dankbar.

Mir passt der Besuch im Krankenhaus heute gut. Rob hat sich zwei Tage freigenommen. Er ist mit den Kindern zu seinen Eltern gefahren. Oma und Opa fliegen Ende der Woche wieder auf ihre Finca in den Süden und möchten Charlie und Antonin vorher gerne noch einmal sehen.

Krankenhäuser riechen alle gleich. Ich nehme die Treppe in den zweiten Stock und schnuppere diese Mischung aus Desinfektionsmitteln, abgestandener Luft, aus Hoffnung und Angst. Zimmer 230 hat Benno gesagt.

Zögerlich drücke ich die Klinke herunter. Ganz plötzlich überfällt mich Panik. Wie in einem Film zucken die Bilder durch meinen Kopf. Die *Lagune der Leichtigkeit*, die ungewohnte Stille, das leere Zimmer,

Carinas Füße, ihr bewegungsloser Körper, die Rettungssanitäter, die Fahrt zur Klinik

»Willkommen! Wie wundervoll, ein Engel besucht mich!«

Da ist sie wieder, Carinas Fröhlichkeit, ihre selbstbewusste Stimme mit denen sie mühelos das Eis zwischen sich und ihrem Gegenüber bricht. Ganz offensichtlich freut sie sich, mich zu sehen.

»Hallo Carina, du siehst gut aus!«, rufe ich.

Ihre offene Art macht es mir leicht, auf sie zuzugehen. Mit einem Mal fühle ich mich überhaupt nicht mehr komisch.

Carina sitzt in einem lila-blauen Batiknachthemd aufrecht im Bett, räubert offenbar gerade eine riesige Schachtel Pralinen und winkt mich zu sich heran.

»Komm mal her, Seraphine!«, ruft sie, nachdem sie die Praline heruntergeschluckt hat.

Sie nimmt meine Hände in ihre, guckt mich an und sagt ganz ernst: »Danke! Wenn du nicht den Notarzt gerufen hättest, dann wäre die Sache wahrscheinlich nicht so glimpflich abgelaufen.«

»Das war doch selbstverständlich!«, finde ich und hake nach. »Benno hat mir etwas von Drogenexperimenten erzählt. Carina, was treibst du da?«

Sie guckt ein wenig abweisend, zumindest bilde ich mir das ein.

Dann seufzt sie. »Kinder, ich dachte, ich hätte das besser im Griff. Mich interessiert eben die Auswirkung von Pilzen und Kräutern auf den menschlichen Körper.» Sie lächelt verschmitzt, hebt eine Hand zum Schwur. »Ich verspreche, keine leichtfertigen Experimente mehr zu machen!«

Ich bin mir nicht sicher, was das heißen soll. Wird sie mit ihren bewusstseinserweiternden Experimenten aufhören? Oder wird sie nur ein bisschen aufhören? Eigentlich geht es mich nichts an. Deswegen bedränge ich sie nicht weiter mit diesem Thema.

»Ich habe mir Ziele gesetzt. Dein Vorschlag, die alten Erinnerungen durch neue Ideen zu ersetzen, war wirklich toll.«

Sie lächelt. »Erzähl!«

Das mache ich. »Ich werde mich von Rob trennen, erst einmal auf Zeit. Ich brauche den Abstand, um herauszufinden, wo ich stehe und was ich möchte. Gestern habe ich mir eine Wohnung auf dem Hofgut bei Benno und Agnetha angesehen.«

Carina nickt. »Dort ist es wirklich sehr idyllisch. Und du hast gleichzeitig die Nähe zur Stadt. Sie seufzt. »Das ist schade mit Rob und dir. Diese Sache mit dem Sonnenuntergang hatte viel Potenzial, finde ich. Aber ich verstehe deine Entscheidung. Wenn du Abstand brauchst, musst du ihn dir nehmen.«

Ich erkläre ihr meine Beweggründe. »Ich weiß einfach nicht, ob die Liebe noch da ist, ob ich mir den Mann meines Lebens wirklich so vorstelle wie Rob. Es gab zwischen uns so wenige gute Momente im vergangenen Jahr, ach was, seit Antonins Geburt haben wir uns eigentlich richtig auseinandergelebt.

Carina fragt nach. »Habt ihr es den Kindern schon gesagt?«

Ich schlucke. Charlie und Antonin brauchen Klarheit, das weiß ich. »Wir haben besprochen, wie wir die Kinder am besten betreuen können, wenn wir getrennt wohnen. Der Plan könnte gut funktionieren. Ich finde es schrecklich, ihnen von unserer Trennung erzählen zu müssen. Noch grauenhafter ist momentan allerdings die Vorstellung mit Rob zusammen weiter in der Wohnung zu bleiben.

Ich gucke bekümmert. Carina hält mir den Pralinenkasten unter die Nase. Die Auswahl ist schon etwas knapp, doch ich finde ein köstliches Stück mit Mandelsplittern und Marzipan. Genüsslich stecke ich es in den Mund und kaue. Die Abendsonne wirft ihre Schatten in das Zimmer und lässt das metallene Bettgestänge aufblitzen. Ingeburg Schnutzke – das Schild an der Breitseite des Bettes kommt mir fremd vor. Für mich wird diese Frau für immer Carina Blue sein.

»Was ist mir deiner besten Freundin, die du verloren hast? Wie hieß sie doch gleich?«

Carinas Frage ist gewagt. Doch ich merke, dass ich bei dem Gedanken an Maura nicht mehr diesen messerscharfen Schmerz spüre, der normalerweise in Sekundenschnelle mein Herz zerschneidet.

»Ich war im fünften Monat schwanger und hatte ihr versprochen, ihr bei der Abtreibung ihres Kindes beizustehen. Das habe ich nicht geschafft«, sage ich.

Dann erzähle ich die Geschichte in knappen Worten. Von Maura aus Rumänien, die sich viele Kinder wünschte, aber nur eines hatte. Von ihrem Mann Thomas, dem Künstler, der nicht wirtschaftlich denken wollte, von der prekären Lebenssituation der Familie und von Mauras Freude, endlich einen Job gefunden zu haben.

»Na, und dann kam sie an einen kritischen Punkt. Sie schwanger war, gleichzeitig lief ihr Arbeitsvertrag aus und sie nicht wusste, ob er verlängert wird.«

Carina versteht auf Anhieb. »Wenn das nicht der Fall gewesen wäre, dann hätte sie zwar Elterngeld bekommen, wäre danach aber auf der Straße gestanden. Und mit kleinen Kindern ist es oft schwierig, einen passenden Job zu finden. Darauf wollte sie es nicht ankommen lassen. Das ist verständlich. Da hat sie lieber auf das Kind verzichtet. Das ist hart, aber nachvollziehbar.«

Ich schweige bedrückt.

Carinas Stimme wird energisch. »Seraphine, Kindchen, es ist genauso verständlich, dass du deine Freundin nicht bei einer Abtreibung unterstützen kannst, wenn du selbst einen Babybauch vor dir herträgst. Das ist emotionaler Wahnsinn!«

Ich bin verblüfft. So habe ich die Sache bis jetzt noch gar nicht gesehen.

»War sie dir böse?«, fragt Carina.

Ich schüttle den Kopf. Nein, Maura war nicht böse auf mich. Sie ging sogar sehr behutsam mit mir um. Ich traf sie noch ein paar Mal beim Mutter-Kind-Turnkurs. Sie sei erleichtert, für sie sei die Abtreibung die richtige Entscheidung gewesen, sagte sie mir.

Ich weiß noch, wie sie mich anblickte, so fest und so entschlossen. »Seraphine, für mich ist alles okay. Jetzt muss es nur für dich okay sein. Du wirst bald einen Kinderwagen vor dir herschieben, damit muss ich klarkommen. Du musst Verständnis dafür aufbringen, dass ich das nicht tue. Wenn wir das schaffen, ist alles gut.«

Ich denke nach. Wir haben es nicht geschafft. Ich wusste einfach nicht, wie ich mit Maura umgehen sollte, weil ich auf mich selbst sauer war. Ich habe mich mehr und mehr zurückgezogen. Sie hat das gemerkt, ist im Umgang mit mir immer unsicherer geworden. Die Nähe zwischen uns, war plötzlich nicht mehr da. Und weil ich hochschwanger war, ist dann sowieso erst einmal Rob mit Charlie zum Turnen gegangen. Der Kontakt zwischen Maura und mir brach ganz ab.

»Guten Abend, lassen Sie sich nicht stören. Ich bringe das Essen! Da machen ich Ihnen mal Platz auf dem Tisch!«

Eine dürre Krankenschwester mit Ponyfrisur versprüht gute Laune im Zimmer. Sie balanciert ein Tablett mit diesem typischen Krankenhausessen, das so komisch riecht, auf ihren Armen. Eigentlich ist es erst kurz nach fünf und noch gar keine Abendbrotzeit.

Ich räume den Beistelltisch auf, stelle den Blumenstrauß beiseite und lege die Zeitschriften auf einen Stapel, obenauf die Pralinenschachtel.

»Oh, lieb von Ihnen, danke für die Hilfe!« Die Krankenschwester bringt noch ein Kännchen roten Tee und verschwindet dann so dezent, wie sie gekommen ist.

Carina Blue ignoriert die riesigen Brotscheiben, den Instant-Käse und die Wurst. Sie greift einfach darüber hinweg zu ihrer Pralinenschachtel und angelt sich ein weiteres süßes Teilchen.

»Ich bin Vegetarierin. Und diesen Industriemist esse ich sowieso nicht« , erklärt sie mir mit vollem Mund. Dann legt sie den Kopf schief und guckt mich an. »Seraphine, du kannst schlecht verzeihen. Das ist der Knackpunkt.«

Ich verteidige mich. »Ich habe Maura doch längst verziehen! Mehr noch: Ich war ihr gar nicht böse. Ich fand es einfach schade, weil sie auf ein Kind verzichten musste, das sie sich so gewünscht hatte. Böse war ich auf die Umstände, auf die Welt, die so ungerecht ist und darauf, dass es keine Lösung gab.«

Carina schüttelt den Kopf. »Ich meine auch nicht, dass du ihr verzeihen sollst. Du musst dir selbst verzeihen! Du wirfst dir vor, versagt zu haben, weil du nicht bei ihr warst, als sie dich brauchte. Du bist wütend, weil du das nicht gepackt hast, weil du sie in deinen Augen im Stich gelassen hast. Seraphine, Du warst in diesem Moment nicht die richtige Person, um Maura zu unterstützen. Sie hat das verstanden. Du warst schwanger und hast dich auf dein Kind gefreut. Verzeih dir das doch verdammt noch mal selbst!«

SCHMETTERLINGSTANZ

Drei Pralinen und gefühlte hundert Sätze später schließe ich leise die Tür zu Carinas Zimmer. In meiner Hand halte ich ein mit Servietten umwickeltes Päckchen, das nach ekligem Essen stinkt.

»Bitte entsorge das Zeug, Seraphine, wenn die merken, dass ich wieder nichts gegessen habe, dann schieben sie mir noch so einen Endlos-Text. Morgen früh kann ich sowieso nach Hause, da muss ich vorher keinen Stress mehr provozieren.«

Ich half Carina, ihre unangetastete Abendmahlzeit so klein wie möglich zu verstauen.

»Ich hoffe, es stirbt kein Vogel, wenn er dieses Industrie-Brot im Müll findet und versehentlich daran pickt«, sagte ich.

Carina grinste. Unbehelligt erreiche ich mit meiner Schmuggelware den Vorplatz und werfe sie in den Mülleimer.

»Hab ich dich erwischt!«, ruft eine Stimme, ich zucke zusammen, ein Lachen ertönt. Niklas!

»Was machst du denn hier?«, frage ich. Er erklärt, Sophia, die Mutter seiner Tochter Amalia, sei hier im

Krankenhaus im Management tätig.

»Ich habe Amalia gerade an sie übergeben und fahre jetzt Richtung Kassiopeia-Kliniken. Falls du da sowieso hin möchtest, nehme ich dich mit!«

Ich nicke, lasse zu, dass Schmetterlinge in meinem Bauch fliegen.

»Falls du zufällig Zeit hast, können wir irgendwo noch etwas trinken gehen. Mein Dienst fängt erst in eineinhalb Stunden an«, schlage ich ihm vor.

Es ist so schön zu sehen, wie er sich darüber freut.

NUR IN GEDANKEN IST ES SCHWER

Ich habe mir Stress ohne Ende gemacht, hatte erwogen, Rob mit den Kindern alleine zu Mauras Feier zu schicken, habe mich besonnen und an Carinas Worte gedacht.

»Dir selbst musst du verzeihen, sie ist dir doch gar nicht böse!«

Jetzt stehe ich vor dem Gartentor, mir ist schlecht vor Angst. Charlie drückt die Klinke herunter und stürmt mit Antonin im Schlepptau in den Garten, immer den Luftballons nach. Es nieselt leicht, aber die Temperaturen sind mild und der Himmel klart auf. Mit klopfendem Herzen, die Arme über der Brust verschränkt, folge ich meinen Kindern über die ausgetretenen Steinplatten nach hinten in den Garten. Dort steht ein überdachter Holzpavillon, ein Lagerfeuer knistert.

Das heimelige Gefühl macht sich automatisch in mir breit. Meine Kinder beachten mich gar nicht mehr, sie zerren sich gerade die Schuhe von den Füßen, weil sie aufs Trampolin klettern wollen. Um mich herum stehen gut gelaunte Erwachsene. Sie lachen und reden und halten Spieße mit Gemüse und Fleisch über das Feuer. In der Ecke sitzt ein bärtiger Typ und zupft auf einer Gitarre.

Maura und Thomas haben es wirklich raus, eine Party-Atmosphäre zu schaffen, bei der sich jeder wohlfühlt. Das Geheimnis dabei ist wohl, dass sie bei ihrer Planung vollkommen zwanglos vorgehen. Jeder ist willkommen und kann mitfeiern.

Ich werfe ein weiteres Holzscheit ins Feuer, blicke mich um. Seit fast zwei Jahren habe ich diesen Garten nicht mehr betreten. Das Haus ist neu verputzt, den Sandkasten kenne ich auch noch nicht. Den Weg nach hinten säumen Thomas' Skulpturen. Sie sehen klasse aus. Am Schuppen lehnen Teile der Hollywoodschaukel. Sie hat anscheinend endgültig ihren Geist aufgegeben.

Ihr habt extra einen Pavillon aufgestellt, falls es doch regnen sollte an diesem Herbstnachmittag. Das hättet ihr früher nicht gemacht. Ihr hättet einfach auf das Glück vertraut oder spontan improvisiert.

Für einen Moment werde ich nervös. Inmitten der Menschen am Buffet sehe ich dich, Maura. Deine schwarzen Haare hast du zu einem Zopf gebunden. Deine geliebte blaue Wolljacke. Du hast dich nicht verändert. Du bemerkst mich erst nicht, weil du mit einem älteren Paar ins Gespräch vertieft bist. Du lachst und wirkst sehr zufrieden. In deinen Armen schaukelst du ein Baby. Jetzt sieht mich Leonore, deine Nachbarin. Sie erkennt mich, winkt mir zu, ich hebe die Hand und lächle in ihre Richtung. Leonore fasst dich an der Schulter, offenbar sagt sie dir, dass ich da bin. Jetzt drehst du dich um und läufst mir entgegen.

Es ist so einfach, es war nur in meinen Gedanken schwer. In einem Arm trägst du das Baby, den anderen schlingst du mir zur Begrüßung um den Hals.

»Seraphine. Du bist da! Toll, dass ihr gekommen seid!« Du plapperst und lachst.

Ich kenne dich gut genug. Ich weiß, Reden ist deine Art Aufregung zu überspielen. Du redest viel in diesem Moment, ohne Punkt und Komma. Ich stehe einfach da und höre dir zu.

»Sera, das ist Radu, Heinrichs kleiner Bruder. Er ist zwei Monate alt. Ich habe einen Vierjahresvertrag im Kindermuseum und gehe nach zehn Monaten Elternzeit dorthin zurück. O Gott, meinst du ich halte es dort vier Jahre aus? Thomas arbeitet jetzt in einem Hostel, es läuft super, er hat es mit einem Freund aufgezogen, sie haben alles selbst renoviert, ganz toll. Er bietet dort Kunstprojekte an und hat auch einen Ausstellungsraum. Radu ist gerade Trendname bei mir zu Hause, in der Gegend aus der ich komme. Es bedeutet Glück.«

Ich komme nicht zu Wort. Aber das macht mir nichts, ich bin glücklich wieder hier zu sein und dich um mich zu haben, Maura. Du bist wie immer. Tagelang habe ich überlegt, ob ich hierher kommen soll. Und jetzt ist alles so leicht.

»Sera, du hast bestimmt Hunger. Oder Durst? Ich hol dir was! Halt ihn mal bitte!«

Du drückst mir den kleinen Radu in die Arme, drängelst dich an den Menschen vorbei zum Buffet. Es hat aufgehört zu nieseln. Die Sonne kommt hervor und überzieht den Garten mit goldenem Herbstlicht. Auf dem Trampolin hüpfen Charlie und Antonin mit den anderen Kindern um die Wette. Zwischendurch schnappen sie sich einen der Luftballons, die überall auf der Hüpffläche herumliegen, platzen ihn und wickeln sich die Kaubonbons aus, die darin versteckt sind. Der Gitarrist untermalt diese goldene Kulisse mit einem traumhaften Sound. Ich warte auf dich Maura, den kleinen Radu in meinem Armen. Er schläft ruhig und sein   Herz   klopft.

FLIEGEN LERNEN

»Mensch Engelein, schieb doch mal mit! Schwächeln geht jetzt nicht, der Umzugswagen unten ist noch halb voll!«

Ich kichere, nehme alle meine Kraft zusammen. Meine geliebte Holzkommode soll schließlich heute noch an ihrem neuen Platz im Wohnzimmer ankommen.

Es ist wirklich toll, dass Herbert mir beim Umzug hilft. Er war ob meiner neuen Pläne so skeptisch. Mechthild ist einfach nur restlos begeistert. Vorhin als wir aus dem Umzugstransporter ausgestiegen sind, ist sie umgehend dazu übergegangen, entzückte Schreie auszustoßen.

»Herbert, das hier ist wirklich ein absolutes Paradies!« Von der Wohnung mit den hellen Holzdielen, den großen Fenstern und den breiten Fensterbänken war sie ebenso angetan. »Total süß, Seraphine! Einfach nur total süß! An deiner Stelle hätte ich bei dieser Wohnung auch sofort zugeschlagen!«

Weil Mechthild in Pferde vernarrt ist, erklärte sie sich sofort dazu bereit, auf Charlie und Antonin aufzupassen, die Richtung Koppel stürmten. Tessa hat ihren Bruder Mik mitgebracht. Gemeinsam mit Herbert buckeln wir nun mein Hab und Gut in die Wohnung. Charlie und Antonin werden hier ein Zimmer bekommen. Ihr bisheriges Zimmer bei Rob werden sie außerdem behalten.

Nachdem ich zwei weitere Kartons nach oben geschleppt habe, werfe ich einen Blick auf die Uhr. Schade. Bis zum Mittagessen dauert es noch. Maura hat versprochen, sich darum zu kümmern. Sie ist eine begnadete Köchin. Bei dem Gedanken an ihre gefüllten Auberginen und ihren selbst kreierten Gartensalat läuft mir das Wasser im Mund zusammen.

»Keine Müdigkeit vortäuschen!« Tessa treibt mich an.

Sie ist wie immer voller Energie. Scheinbar mühelos schleppt sie eine riesige Kiste mit Küchenutensilien die Treppen hinauf.

Nachbarn habe ich hier im Haus noch keine. Die Renovierung ist erst kürzlich fertig geworden. Charlie, Antonin und ich sind die Ersten, die hier einziehen. Rob ist am heutigen Tag logischerweise nicht dabei. Die räumliche Trennung fällt ihm schwerer als mir. Er wollte die Tage allein mit einem Freund beim Segeln verbringen. Deswegen habe ich Charlie und Antonin zum Umzug mitgenommen.

Eine weitere Stunde schuften wir schweigend vor uns hin. Dann ist der Umzugswagen leer. Die ersten Möbelstücke stehen an ihrem Platz. Mik lehnt am Küchenschrank und leert eine Flasche Wasser auf einen Zug.

»Hunger!«, seufzt Tessa und wischt sich die verschwitzten Haarsträhnen aus dem Gesicht.

»Essen!«, ruft Maura. Wie aufs Stichwort ist sie im Türrahmen erschienen.

»Hmm! Das riecht lecker!« Herbert schnuppert, er verzieht verzückt das Gesicht.

Maura wuchtet eine riesige blaue Ikea-Tasche auf den Tisch, die mit allerhand Schüsseln befüllt ist. Obwohl sie mit Alufolie bedeckt sind, verströmen sie einen köstlichen Geruch.

Trotzdem werde ich blass vor Schreck. Denn obenauf liegt ein prächtiger Blumenstrauß. Die Zusammenstellung ist diesmal bunt: Chrysanthemen, Margeriten, Lilien, sogar eine zarte lachsfarbene Rose befindet sich im Gebinde. Dazwischen sehe ich eine kleine Karte mit der altbekannten geschwungenen Schrift.

»Sera, hast du Probleme?« Maura guckt mich besorgt an.

»Woher kommt dieser Blumenstrauß?«, hauche ich.

»Ach ja, unten stand so ein Blumenbote, der mich nach dir gefragt hat. Ich habe gesagt, er muss nicht extra hochkommen, ich nehme den Strauß gleich mit. Fand er natürlich super, dann konnte er gleich weiterfahren.« Sie hält mir den Strauß lächelnd entgegen.

Herbert und Tessa, die das Blumen-Drama über Wochen miterlebt haben, werfen mir mitleidige Blicke zu. Ich bin sauer. Rob hatte versprochen, mir diesmal wirklich Ruhe zu lassen. Wir haben eine Auszeit vereinbart, um zu sehen, ob wir noch eine Zukunft haben. Um zu testen, ob wir Schritt für Schritt wieder zusammenfinden können. Doch er berücksichtigt meine Worte anscheinend wieder nicht. Ich habe noch nicht einmal meine Kartons ausgepackt, schon sendet er mir seine nächsten Blumengrüße. Wütend gucke ich den Strauß an. Am liebsten würde ich ihn auf den Boden knallen.

»Was hast du denn Sera, der ist doch voll hübsch?« Maura versucht, Unschuld in diese Bemerkung zu legen. Aber ich kenne sie zu gut. Für einen kurzen Moment blitzte der Schalk in ihren Augen auf. Und dann steht Fred Wischmann in der Tür und lacht donnernd los.

»Huahahahaha! Das war jetzt aber ein Schreck, was?! Genau so hatte ich mir das vorgestellt!«

Ich gucke verständnislos. Tessa schaltet gleich.

»Nö mein Lieber, warst du das? Hast du sie jetzt veralbert?«, fragt sie und beginnt zu kichern.

Herbert stimmt mit ein. Maura lacht aus vollem Hals.

Ich grinse Fred an. »Nö jetzt. Sind die Blumen echt von dir? Ich dachte, du verschenkst nichts ohne Wurzeln?«

»Ausnahme«, sagt Fred. Er kommt auf mich zu und umarmt mich so heftig, dass mir die Luft wegbleibt. »Alles Gute zum Umzug. Ich hatte das Bedürfnis auch mal Blumenmann zu spielen. Ich befand mich ja im Kreis deiner engsten Verdächtigen, Detektivin Seraphine.« Er lacht. »Die Karte erkennst du vielleicht wieder. Sie ist von dem Strauß, den du mir freundlicherweise in meinem Badezimmer überlassen hast. Sie ist etwas wellig geworden von der Feuchtigkeit. Der Spruch ist aber noch lesbar.«

Ich boxe ihm gegen die Brust. »Aua«, schreie ich.

Fred ist wirklich ein harter Brocken. Wieder lachen alle.

Herbert holt Mechthild, Charlie und Antonin herein und dann essen wir und plaudern und haben eine wundervolle Mittagspause. Weil so viele Menschen mithelfen, ist die Wohnung bis zum Abend schon mächtig gut eingerichtet.

Später am Abend, als meine Freunde weg sind und Charlie und Antonin friedlich in ihren Betten schlummern, ziehe ich mir meine dicke Jacke über und setze mich für eine Weile auf die Kinderschaukel unter den Kirschbaum. Dort denke ich darüber nach, was ich für ein Glück habe, mit diesen wunderbaren Freunden, mit der neuen Wohnung, die sich so stadtnah befindet und gleichzeitig mitten im Grünen liegt. Zwar habe ich meine Beziehung mit Rob nicht klären können, aber ich habe meine beste Freundin Maura wiedergefunden. Das Schicksal hat mich zu Carina Blue geführt, die mir zeigte, wie ich meine Träume wieder zum Tanzen bringen konnte.

Ich schaukele leicht hin und her, betrachte den Himmel, der an diesem klaren, kühlen Abend mit unzähligen Sternen bemalt ist. An meinen Füßen schnauft und schnüffelt etwas. Bibi, Bennos lustige Mischlingshündin hat mich erkannt und begrüßt mich schwanzwedelnd. Ich streichele über ihr weiches Fell. »Hallo Bibi, du bist ja ein richtiger Hofhund«, flüstere ich. Ein Mann kommt über die Wiese. Benno ist das nicht. Dieser Mann ist viel größer und schlanker. Eine smarte Erscheinung, soweit ich das in der Dunkelheit definieren kann. Er stellt sich mir gleich vor.

»Guten Abend. Du bist wohl die neue Mieterin hier? Ich bin der Hundesitter im Dienst. Mein Name ist Florenz, in der Aussprache wie Lorenz, in der Schreibweise wie diese wundervolle italienische Stadt. Und du?«

»Ich bin Seraphine!«

»Oh«, sagt er, »ein Engelwesen!«

Ich lächle, und spüre, wie die Antwort Freudensprünge in meinem ganzen Körper verursacht. »Ja! Ich glaube sogar, ich kann fliegen.«

ÜBER DIE AUTORIN

Katie M. June wurde in Bayern geboren und lebt mit ihrer Familie und drei Katzen in Leipzig. Sie liebt heitere Geschichten mit Tiefgang und schickt ihre Träume regelmäßig zum Tanzen. Nach ihrem Debütroman Glücksschneeflockenzeit ist die Geschichte von Seraphine, Maura und Carina Blue Junes zweites Buch.

Mehr zu Katie M. June findest du auf Facebook

Printed in Germany
by Amazon Distribution
GmbH, Leipzig